马瑞芳 著

少年读

笔墨里的精灵

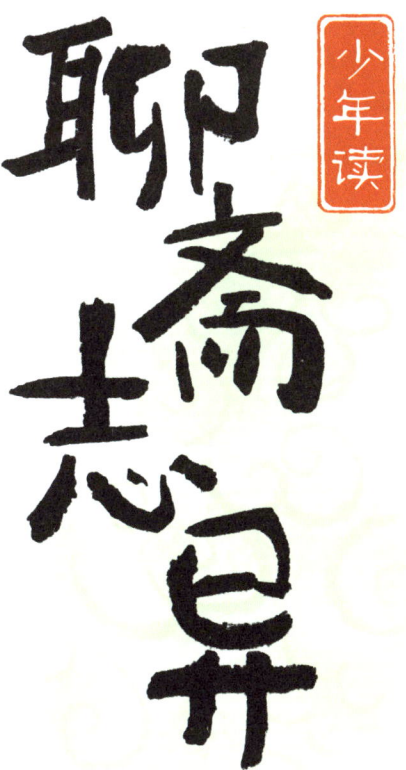
聊斋志异

青岛出版集团 | 青岛出版社

序言

◎马瑞芳

清代文学家蒲松龄创作的《聊斋志异》（简称《聊斋》）是一部伟大的作品，也是我40多年来一直研究的对象。2005年，中央电视台"百家讲坛"节目播出"马瑞芳说《聊斋》"，广受好评，时隔17年，我又专门给少年儿童读者讲解《聊斋志异》。我想从以下几个方面说一说我创作这部作品的初衷。

第一，少年儿童为什么可以读《聊斋志异》？

我国古代小说的发展源远流长，按照语言形式可分为文言小说和白话小说，按篇幅可分为短篇小说和长篇小说。文言短篇小说集《聊斋志异》和白话长篇小说《红楼梦》分别是这两种艺术形式的代表，其中隐藏着一些很好的中国故事。

少年读《聊斋志异》

《聊斋志异》是中华民族文学艺术宝库中的一颗明珠,在大多数讲述中国古代文学史的读物中,它都独占一章。《聊斋志异》反映了当时的社会生活,其内容的广度和深度都超出了在它之前诞生的同类作品,受到了广大读者的喜爱。从19世纪中期开始,《聊斋志异》就开始在国外传播,时至今日,共出现过日、英、法、俄等多个语种的译本。因此,我觉得有必要把这部伟大的作品介绍给少年儿童,让他们对这部作品的内容、思想、艺术手法等有一个初步的了解。

第二,少年儿童读《聊斋志异》会有什么收获?

首先,《聊斋志异》中的大部分作品宣扬真善美、鞭挞假恶丑,少年儿童阅读那些脍炙人口的故事,可以潜移默化地获得思想教益,进而一心向善、一心向美,做有志气、有道德、有才能的人。比如读《劳山道士》,可以明白娇惰取巧必然碰壁的道理;读《细柳》,可以更深入地领会"自在不成才,成才不自在"的哲理;读《河间生》,可以帮助树立"好好读书,正派做人"的志向;等等。

其次,在《聊斋志异》中,蒲松龄运如椽大笔,"使花妖狐魅,多具人情,和易可亲,忘为异类"(鲁迅《中国小说史略》)。由他塑造的艺术形象和艺术世界充满想象力,少年儿童在阅读这些具有奇思妙想的故事时,不仅能感受到我国古人天马行空的想象,还能保持和发展自己的好奇心,打开想象

序言

世界的大门。

再次,《聊斋志异》的语言精练、生动、形象,写人状物,以一当十。少年儿童读《聊斋志异》,可以欣赏精金美玉般的文字,领略其中的诗情画意,体会汉语的简洁、含蓄、灵动、婉转之美。如"乱山合沓,空翠爽肌,寂无人行,止有鸟道"(《婴宁》)、"见长莎蔽径,蒿艾如麻。时值上弦,幸月色昏黄,门户可辨"(《狐嫁女》)等,都让人过目不忘。

最后,蒲松龄在创作《聊斋志异》的过程中,汲取众家之长,命题巧妙,构思严密,少年儿童读《聊斋志异》,可以跟蒲松龄这个大作家学习一些写文章的技巧:如何设置伏线、悬念,前后照应?如何把握使用关键词语?如何运用细节描写表现人物的性格和身份?等等。

上述是我在学习和研究《聊斋志异》之余,结合少年儿童的特点总结的一些感想。《聊斋志异》原文共490多篇,为了更好地让少年儿童了解、阅读《聊斋志异》,我选取了其中50多篇写成《少年读〈聊斋志异〉》(分《神奇的狐狸》《笔墨里的精灵》《走进大千世界》3册),讲述最经典的《聊斋》故事。

《少年读〈聊斋志异〉》在手,孩子们能在轻松愉快的阅读中学语言、学写作、学文化史常识,何乐而不为!

目 录

- 香獐仗义报恩　　　/ 001
- 神奇的石头　　　　/ 015
- 彩翼翩翩为人来　　/ 031
- 绿衣长裙真婉妙　　/ 039
- 徐秀才驱怪　　　　/ 049
- "美人鱼"的故事　　/ 059
- 明珠暗投的鸽子　　/ 073
- 画匹骏马骑上跑　　/ 085

- 勤劳致富的菊花神 / 093
- 老虎给人做孝子 / 105
- 忠诚聪明的小狗 / 117

- 勤劳善良的阿纤 / 123
- 大灰狼的"呈堂证物" / 135

- 书中蠹鱼玩戏法 / 141
- 树犹如此,人何以堪 / 153
- 小鸟也有妙计策 / 159

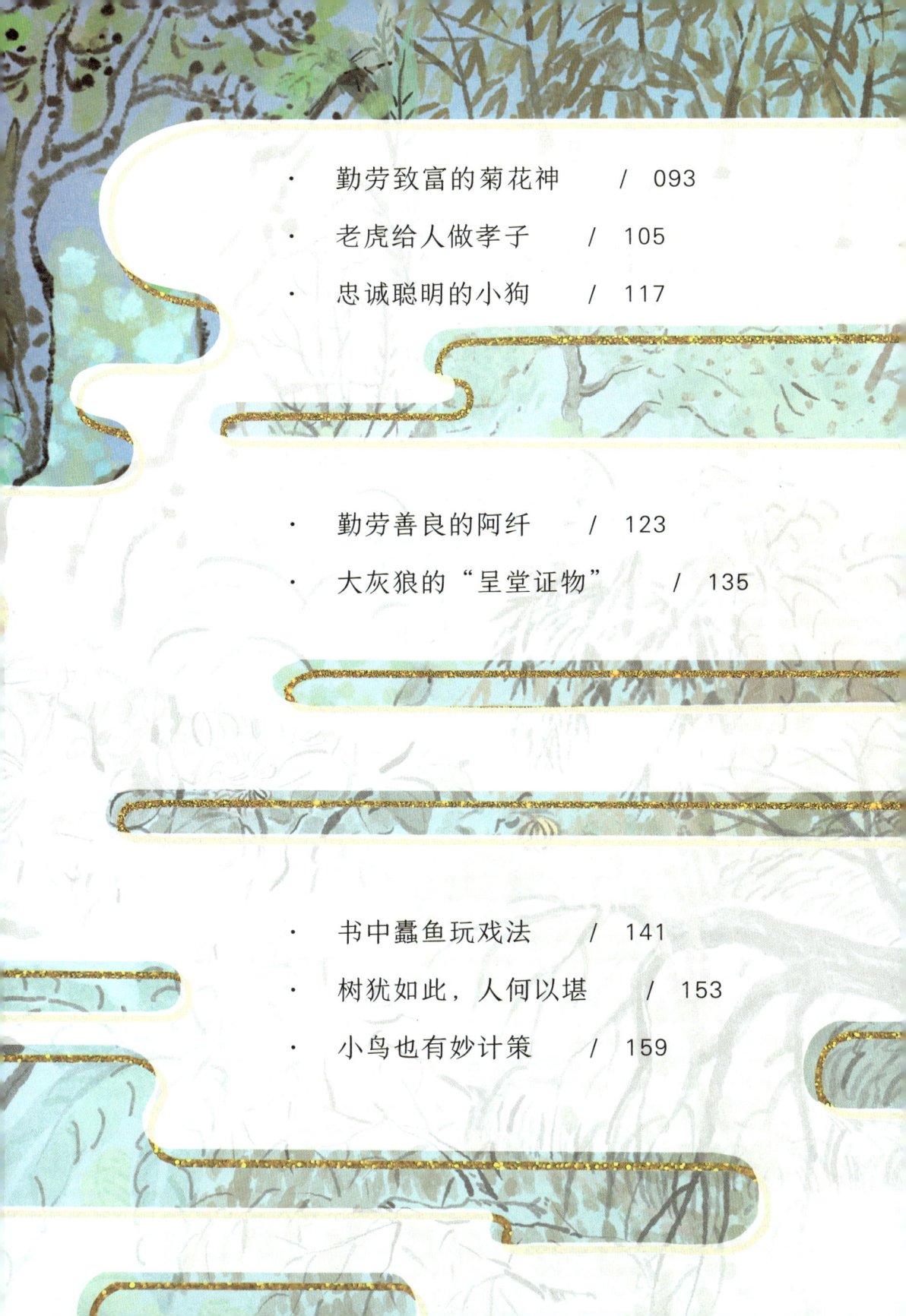

香獐仗义报恩

安生爱护野生动物，有好生之德。当他遇到生命危险时，有「人」为救他不顾一切。

改编自《聊斋志异·花姑子》

说《聊斋》

《花姑子》写的是精灵和人类的关系。小说以"报恩"为线索来写,章氏父女一为报恩,一为真情,他们的故事感人肺腑。

故事中蛇精的出现有两重意义。一方面是使故事具有寓言性,用高门大户却毒辣凶残的蛇家与房屋窄小却善良忠厚的章家做对比。另一方面,蛇精在文章的布局上起到了穿针引线的作用。小说的开头写安生途经华山迷路,"忽见灯火",暗示安生看到了蛇的眼睛;章叟冒着生命危险,挡在安生和巨蛇之间,于千钧一发之际挺身救了安生;故事的结尾,安生让人杀了蛇精,才治好了病。这个故事曲折动人,多次被搬上屏幕。

救助恩人

陕西有一个姓安的书生,为人慷慨仗义,喜欢放生。每次看到猎人打到猎物,他总会买下来放走。

一天晚上,安生在华山迷了路,心下十分慌乱,忽然看到百步之外有灯火,便急忙往前赶。

安生刚走了几步,眼前突然出现了一个老头。那老头驼背弯腰,拖着一根拐杖,却能在小径上飞快地行走。

安生停住脚步,刚想问路,老头却先开了口:"你是谁?来这里做什么?"安生说:"我迷路了。我看远处有灯火,那里必定是村庄,所以打算到那儿投宿。"老头说:"那可不是安乐窝,幸亏你遇到了我。你可以到我家去住。"安生高兴地答应了。他跟着老头走了一里多路,看到一户人家。老头上前敲门,一个老太太打开门,问道:"郎君来了吗?"老头回答:"来了。"

老头家低矮潮湿。安生进屋后,老头让家人准备饭菜,说:"这位不是外人,是我的恩人。"老太太行动不方便,便叫道:"花姑子,出来斟酒!"

不一会儿,那个叫花

少年读《聊斋志异》

姑子的少女便拿着碗筷酒杯进来了,还用水灵灵的大眼睛看着安生。【评】蒲松龄用"芳容韶齿,殆类天仙"八个字写少女之美,言其年纪小,模样像天仙。* 老头让花姑子去烫酒,她便进里间拨火。安生问老头:"这是你什么人?"老头说:"这是我女儿。老夫姓章,今年七十岁了,我们是庄户人家,因为你不是外人,所以才敢让妻女出来相见,请不要见笑。"安生问:"女婿是哪个村的?"
章老头说:"小女还没定亲呢。"

---

* 本书作者马瑞芳在讲《聊斋志异》故事的同时,对书中人物、情节、线索或相关细节有所点评、议论,本书均以【评】的形式予以呈现,便于读者更好地理解作品内容和作者思想。以下不再注明。

笔墨里的精灵

安生对花姑子赞不绝口。谈话间,他们忽然听到花姑子的惊叫声。章老头匆忙跑进里间,原来是酒煮沸了,溢到火上,火苗蹿得老高。章老头把火扑灭,斥责道:"这么大的丫头了,酒沸了都不晓得?"一回头,看到火炉边有个用秫秸芯插的紫姑神。【评】紫姑神是传说中的厕神。章老头一边训斥花姑子,一边拿紫姑神给安生看,说:"她贪图编这些东西,把酒都煮沸了。"安生接过来一看,紫姑神眉目、袍服精巧,不禁称赞花姑子心灵手巧。

安生继续跟章老头喝酒,花姑子则不停地来倒酒,嫣然含笑,一点儿也不害羞。

安生还没娶妻,对花姑子一见钟情。

恰好老太太招呼章老头离开,安生见屋里没人,对花姑子说:"我十分倾慕你,想派媒人来说亲,又怕你家里不同意,该怎么办呢?"

花姑子抱着酒壶,对着火炉,一句话也不说;再问,还是不回答。安生追到里间,花姑子厉声说:"大胆狂郎,闯进来想干什么?"花姑子的呼声惊动了章老头,他忙进来问发生了什么事情。安生见章老头进屋,立刻跑了出去,既惭愧又害怕,担心花姑子把刚才的事说出来。不料,花姑子从容地说:"酒又煮沸了,如果不是安郎帮我,酒壶就要熔化了。"

花姑子妙手回春

安生辗转反侧，一夜没睡。第二天天没亮，他就起身告别回家，到家后马上委托好朋友到章家求婚。

朋友出去一天才回来，说找不到章老头的住处。安生亲自沿原路寻找，发现那儿是悬崖绝壁，问近处的人，都说这一带很少有姓章的人家。

安生闷闷不乐地回到家，饭也吃不下，觉也睡不着，整日头晕目眩，昏乱中常大喊："花姑子！"家人一筹莫展。

一天夜里，守护安生的人睡着了。安生蒙眬中觉得有人在摇晃自己，他勉强睁开眼睛：哎呀，是花姑子！

安生立刻神清气爽。花姑子俏皮地把头一歪，笑吟吟地说："傻小子，何至于此？"

花姑子把两手放在安生的太阳穴上，为他按摩。安生只觉得一股浓浓的麝香穿过鼻孔，进入骨髓。花姑子按摩了几刻钟，安生大汗淋漓。花姑子小声说："我三天后再来看你。"接着从袖筒中取出几块蒸饼，放到安生的床头上，悄悄地走了。

到了半夜，安生很想吃饭，便拿出花姑子留下的蒸饼，连吃三块，然后呼呼大睡。三天过去了，安生把花姑子留下的饼都吃完了，身体倍感轻松。他把家人一一支开，盼着花姑子再来；又担心门关着花姑子进不来，便走

笔墨里的精灵

出书斋,把一道道门锁全都打开。

不久,花姑子真的来了,笑道:"傻小子!不谢谢给你治病的大夫吗?"

安生高兴极了,连连道谢。花姑子说:"我冒险前来是为报答你的大恩,但我不能跟你做夫妻。"安生不解地问:"我跟你们家素昧平生,什么时候有过来往?"花姑子说:"请你好好想想。"安生又要求跟花姑子成亲。花姑子说:"如果你一定要跟我成亲,明天请光临我家。"

交谈间,安生觉得花姑子的衣袂间、皮肤上无一处不香,就问:"你熏了什么香?"花姑子说:"我生来便如此,不是熏的。"

【评】这是花姑子第一次给安生治病。花姑子是香獐变化而成的,她用麝香给安生治病。安生怎会想到章老头和花姑子这对诚意待人的父女,居然是活跃在深山老林里的香獐呢!

当天晚上,安生骑马赴约,花姑子在路边等他。两人一起回到章家。章家二老高高兴兴地欢迎他,摆上酒席,大盘小碟里盛的都是野菜。吃完饭,老头请客人休息。

夜深人静时,花姑子来到安生的住处,说:"爹娘絮絮叨叨地不睡觉,让你久等了。咱们这次相会后,就永别了!"

安生惊讶地问:"此话怎讲?"

花姑子说:"爹爹想搬到远处去住,我们以后就没法见面了……"

安生舍不得放花姑子走,两人好像有说不完的话。天亮了,老头闯进来,斥责花姑子。花姑子变了脸色,急忙跑了出去。

侠义父女

安生回到家,好几天坐卧不宁,像热锅上的蚂蚁。他想再趁着夜晚,寻找跟花姑子见面的机会。

这天夜里,安生出门了,但是一进深山就迷了路。忽然,他看到山谷里有一处房舍,门楼高高大大的,像是大户人家。他向守门人打听章家住在什么地方。有丫鬟出来问:"半夜三更的,是什么人在打听章家?"安生说:"章家是我的亲戚,我一时迷了路,找不到他家了。"丫鬟说:"哦,这里是花姑子的舅妈家,她恰好在这里。"

丫鬟请安生进去。花姑子迎了出来,对丫鬟说:"安郎跑了大半夜,困倦得很,赶快安排床铺请他休息。"

安生靠近花姑子,闻到她身上异常腥臭,没有丝毫香气。安生察觉不对劲,想逃跑,可身体像被粗绳捆绑着,动弹不得……【评】此处暗示安生被大蛇紧紧缠住了。

安生没有回家，家人到处寻找他。他们进入深山，发现安生死在了悬崖下，只好把他的尸体抬回家。正当家人聚集在安生周围啼哭时，有个少女忽然从门外大哭着闯进来，扑到安生身上。少女边哭边叫："天哪！你怎么糊涂到这种地步！"少女哭得嗓子都哑了，又对安生的家人说："把他放在这里七天，不要着急安葬。"

安家人不知道少女是什么人，想问她不能下葬的缘故，可少女对他们不理不睬，转眼的工夫就不见了。安家人怀疑少女是神仙，便按照她说的去做。

当天晚上，少女又来了，还是号啕大哭，如此连哭七天。

第七天晚上，安生忽然呻吟了一声，醒了过来。这时少女进来，跟安生相见。安生摆摆手，示意家人出去。

【评】这是小说第二次写花姑子给安生治病。安生被蛇精害死，温顺柔美的花姑子立即变得大胆泼辣。小说原文写她"嗷啕而入"，这是花姑子真情实感的流露。

原来，少女正是花姑子。她取出一束青草，煎了药汤给安生喝。喝完药汤，安生能说话了，叹气道："要杀

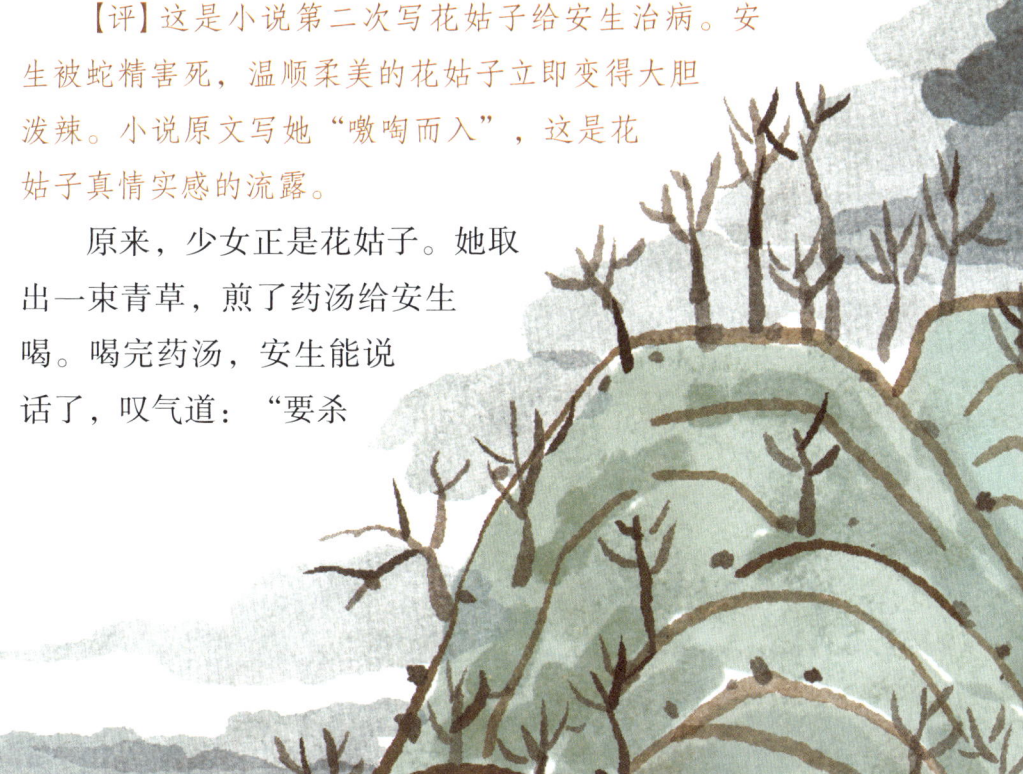

我的是你，把我救活的还是你……"

花姑子说："蛇精变作我的样子，要了你的性命。之前你迷路时看到的灯光，就是蛇精的眼睛。"

安生惊问："那你是如何让我起死回生的？你是神仙？"

花姑子说："其实，我早就想跟你坦白了，只是怕你受到惊吓。五年前，你是不是在华山道上买过香獐放生？"

安生说："确实有这么回事。"

花姑子说："那只香獐就是我父亲。他说你对我家有大恩，就是这个缘故。父亲在你被害后，痛哭了七天七夜，自愿毁弃道行替你受死。我今天还能再见到你，实在是幸运！"

花姑子还告诉安生，他虽然苏醒了，但肢体还不能动弹，需要喝蛇精的血才能除掉病根。

安生对蛇精恨之入骨，只是苦于没办法抓住它。花姑子说："要抓住它也不难，但是这样做会让我百年不得飞升。蛇精的老巢在山崖中，你让人在下午时搬柴草去烧，并在洞外边安排弓箭手，就能抓住蛇精了。"

安家人依言前往山崖，在洞穴里放火，果然看见一条巨大的白蛇冲出火焰。弓箭手一齐放箭，把白蛇杀死。家人把蛇精的血喂给安生喝。安生喝了三天后，两条腿便能动了，半年后能下床走路了。

安生痊愈，可花姑子和章老头似乎从人间蒸发，再无踪影。

蒲松龄笔下的玄机

在《花姑子》这则故事中,蒲松龄处处设有玄机。

我们先看文章的标题。"花姑子"其实就是山东一些地方的方言里的"花骨都"(花蕾),用含苞欲放的花蕾做人名,能不美吗?蒲松龄巧借花蕾的美学意蕴,再加上香獐的灵巧外形和麝香治病的原理,幻化出美丽的香獐精花姑子;和花姑子相得益彰的,是爱护野生动物的安生和知恩必报的章老头。

再看内容设计。故事中蛇精的出现,不仅使情节更加惊险,而且令人物形象更加丰富。安生看到的"灯火",可能是蛇精的眼睛;章老头专门去搭救安生,老太太在家里等着,见了他开口就问:"郎君来了吗?"这说明老两口预知安生将遇到蛇精,故施以援手;章老头驼背年迈却能"斜径疾行",表面看不合情理,实则暗示他的精灵身份;章老头家房屋狭窄、潮湿,暗示香獐居处的特点。

少年读《聊斋志异》

还要看蒲松龄两次写酒沸的情节。第一次酒沸是花姑子贪玩导致的,是真沸,借此写小女子的性情。第二次酒沸是假沸。因安生向花姑子求婚,花姑子慌忙中呼救。章老头出现后,她又用酒沸做借口给安生解围。花姑子表面上对安生敬而远之,关键时刻则曲意呵护。两次酒沸,一真一假,展示了花姑子聪慧而多情的性格特征。

除了处处设有玄机,《花姑子》这篇文章还非常感人。蒲松龄通过描写花姑子两次给安生治病,巧夺天工地把花姑子知恩图报的品德和妙手回春的法术糅合起来,读来感人肺腑。

同样感人的还有章老头。安生被蛇精害死时,他要求替安生受死,哀哭七日,可以跟历史上著名的"秦庭之哭"媲美。

笔墨里的精灵

临难忘身，见危致命

遇到危难时挺身而出，不顾惜自己的生命。这句话常用来形容勇于献身的英雄人物。语出唐代文学家柳宗元。

哲理金句

文化史常识

【秦庭之哭】哀求帮助之意。《左传》记载：楚国人伍员为报父仇，助吴国攻陷楚国都城郢，楚王逃亡。楚国大夫申包胥辗转来到秦国，哀求秦国出兵助楚，可秦哀公迟疑不决。申包胥便在秦国的宫墙下啼哭了七日，秦军最终出兵。

原典精读

异史氏曰:"'人之所以异于禽兽者几希'❶,此非定论也。蒙恩衔结❷,至于没齿,则人有惭于禽兽者矣。至于花姑,始而寄慧于憨,终而寄情于恝(jiá)❸,乃知憨者慧之极,恝者情之至也。仙乎,仙乎!"

注释

❶人之所以异于禽兽者几希:语出《孟子》,意思是人和禽兽的差别只有那么一丁点儿。❷衔结:衔环结草。❸寄情于恝:在漠不在乎的行动中,蕴藏着深情。恝,漠不在乎。

大意

异史氏说:"'人和禽兽的差别只有那么一丁点儿',这话并不是定论。受人恩惠后结草衔环相报,一辈子都不忘记,那么人面对禽兽时就应当觉得惭愧了。至于花姑子,开始时把她的聪明掩藏在天真娇憨中,后来把她的深情寄托在似乎不在意的行动中,由此可知天真娇憨是因为聪明到极点,表面的漠不在意实际上最为钟情。仙女啊仙女!"

神奇的石头

邢云飞爱石如命,
奇石爱憎分明。
恶霸贪官巧取豪夺,
奇石终成碎片。

改编自《聊斋志异·石清虚》

说《聊斋》

　　《石清虚》是一部短篇的《石头记》。"清虚天石"以奇石的面目出现,表现出异乎寻常的灵性和智慧。石头到人间寻找知音,面对不同的人呈现出不同的情态。面对势豪,石头钻到水里,藏得无影无踪;面对官员,石头自掩光芒,宁可碎成片也不留在县衙。

　　弱小百姓邢云飞爱石如命,尚书索石,他以命相搏。当他面对腐恶势力一筹莫展时,石头给他出主意、想办法。石头屡次被抢夺、盗窃,又屡次回到邢云飞手中。他们就像生死之交,历经磨难,总能聚合在一起,人石之间上演了一幕幕相知相悦的动人剧情。

　　石有情,石有义;石有骨气,石有灵性。故事中这块有灵性的石头,可以说是堂堂正正的伟丈夫!

石头会预测天气

顺天人邢云飞，喜欢各种奇异的石头，每当看到有好石头，总会不惜重金买下来。【评】真正有价值的东西不是用钱就能买到的，神奇的石头只是偶尔能得到；或者说是石头主动让他得到的，石头会选择知音。

有一天，邢云飞到河里打鱼，一网下去，发现渔网异常沉重，拉上来一看，里面有块石头。石头通体玲珑剔透，像一座小型的山峰。邢云飞如获至宝，回到家后，立刻雕了一个紫檀木底座，把石头供了起来。

每当天要下雨时，就有云絮从石头的近百个小孔中飘出来，远远望去，每个小孔中仿佛都塞上了洁白的棉花。【评】石头在将要下雨时白云纷飞，这一点很重要。《聊斋志异》中人物的命名特别有意境。爱石人叫"邢云飞"，"邢"是"形"的谐音，"邢云飞"即"形云飞"，意思是形状像云彩在飞。如此巧妙的命名，把爱石人和他爱的石头紧紧联系在一起，象征爱石人和石头生死与共。

少年读《聊斋志异》

拒绝跟随恶霸

有个恶霸听说邢云飞有块奇石,便到邢家要求参观。邢云飞不想给他看,却又拗不过他。

恶霸看到石头后,什么话也没说,把石头搬起来交给随行的强壮仆人,接着出门上马,飞奔而去。【评】一个恶霸,没有任何理由,也不找任何借口,说抢就抢。

邢云飞无可奈何,只能跺着脚表示愤怒。

恶霸的仆人抱着石头经过一条河,想在桥上歇息一下,便把石头靠在桥边的栏杆上。没想到仆人忽然失手,只听"扑通"一声,石头掉进了河里。【评】这是仆人失手吗?显然不是。是石头在选择主人哩!

恶霸气坏了,不仅鞭打仆人,还拿出钱来找会游泳的人下水捞石头。

石头明明是从桥上掉到河里的,有明确的失落地点,而且一块石头不会

笔墨里的精灵

轻易被河水冲走。可是一大帮人在河里搜了个遍,始终不见石头的踪影。

恶霸贴出悬赏告示:谁能捞出石头,赏重金!从此,每天在河里寻找石头的人摩肩接踵,可谁都没有找到。

又过了一阵子,邢云飞来到石头掉落的地方,站在那里伤心落泪。

他又低头细看,只见河水清澈,石头就在桥下的一处浅滩里!

邢云飞大喜,急忙下水,把石头抱出来带回了家。有了这次教训,他不敢再把石头摆在客厅里了,而是专门打扫出一间内室供着它。他认为这样做,石头就安全了。

这是石头遭遇的第一次波折。

奇怪的老翁

没过多久,石头遭遇的第二个波折来了。这次并不是有人来夺石头,而是与石头的来历有关。

这一天,有位老翁登门,请求看一看石头。

邢云飞说:"石头丢失了很长时间了。"

老翁笑道:"你客厅里的那块石头不就是吗?"

邢云飞说:"你是说石头在我家客厅里?那就请进来看看有没有吧!"【评】邢云飞很自信,因为他把石头藏在内室里了。

019

少年读《聊斋志异》

两人一起进了屋,邢云飞惊呆了:石头居然没在内室,而是摆在客厅的桌子上!

老翁抚摸着石头说:"这是我家的旧物,丢失很长时间了,现在才知道它在先生这里。我既然找到了,就请先生把它还给我吧!"

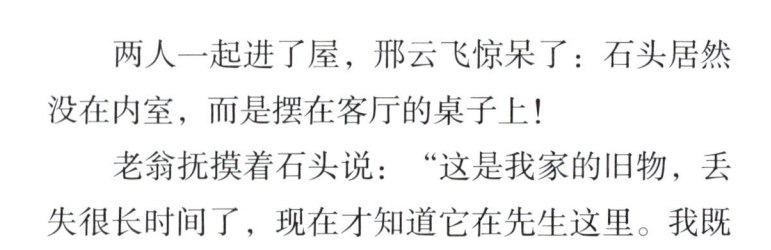

邢云飞尴尬极了,跟老翁说:"我才是石头的主人!"

老翁笑道:"既然如此,你可有什么凭证?"邢云飞答不上来。

老翁又说:"我有凭证!这块石头前后有九十二个小孔,最大的小孔里边刻着五个字——'清虚天石供'。不信你可以看看。"【评】古时候,人们把月宫称作清虚宫,"清虚天石供"是不是说这块石头来自月宫呢?

邢云飞检查石头,果然看到最大的小孔中有几个比粟米还要细小的字,用尽目力才可辨认;又数一数石头上的小孔,果然是九十二个。邢云飞虽然无话可答,但仍坚持不还石头。

老翁笑道:"那听凭你做主

吧！"然后拱手告别。

邢云飞欣慰地送他出门，可回到家一看——石头消失了！邢云飞大惊，飞奔出门，见老翁正慢腾腾地走着，好像在等着他赶来。

邢云飞一把拉住老翁的袖子，说："老先生，请你把石头还给我！"

老翁说："奇怪！我拿石头了吗？这么大的一块石头，岂能握在手心或者藏在袖子里？"

邢云飞知道老翁是神人，硬把他拉回家，按到座位上。他跪倒在地，苦苦哀求。老翁说："石头到底是你的，还是我的？"

邢云飞回答："确实是你的，只是我求你割爱，将它送给我吧！"

老翁说："既然如此，石头还在原来的地方。"

邢云飞走进内室一看，石头果然摆在原来的地方。他回到客厅感谢老翁。老翁说："天下之宝，应当赠给爱惜之人。这块石头能自己选择主人，我也很高兴。只不过它出现得早了点儿，我本来想带走它，三年后再送给你。既然你一定要现在留下它，得减三年的寿命。你愿意吗？"

邢云飞斩钉截铁地说："我愿意！"

老翁用两指捏捏石头上的三个小孔，坚硬的石头居然柔软如泥，小孔随手而闭。

老翁对邢云飞说:"现在石头上小孔的数目,就是你的寿限。"

老翁要走,邢云飞苦苦挽留,问:"请问老人家高姓大名?"老翁什么也没说,径自离开了。

【评】老翁是奇石的主人,他此行是为鉴定邢云飞是不是爱石如命,也挑明清虚天石和邢云飞是生死与共的关系。

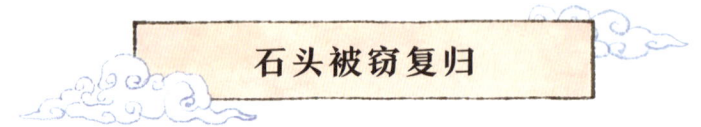

石头被窃复归

过了一年多,邢云飞因事外出,夜里有小偷入室,把石头偷走了。

邢云飞回来后,时时思念石头,闷闷不乐。他到处察访,想出钱买回石头,结果毫无线索。又过了几年,他偶然来到报国寺,看到有人在卖石头,近前一看:天啊,这不是自家的那块石头吗?他向卖石头的人讨要。那人不肯归还,背着石头跟邢云飞到县衙里打官司。

县令问:"你俩都说石头是自己的,有什么凭证吗?"

卖石人说:"我这块石头上有八十九个小孔。"

邢云飞问卖石头的人:"你还有其他凭证吗?"

卖石人说:"没有。"

邢云飞对县令说:"大人,这块石头上最大的小孔里刻着五个字,是'清虚天石供',还有三个闭合起来的小

孔,上边有手指印。"

县令让衙役检查,果然和邢云飞说的一模一样。就这样,石头又回到了邢云飞身边。

邢云飞重新得到石头后,把它包上锦缎,藏在箱子里,时不时地拿出来欣赏一番。【评】邢云飞以为这样珍藏秘收,石头就丢不了了。没想到,更有势力的人眼红石头了。

某尚书知道了这块奇石,让人带信给邢云飞,要用一百两银子买石头。

邢云飞说:"这块石头比我的命还重要,一万两银子我也不卖!"

尚书闻言很生气,他利用职权把邢云飞扯进一桩财产纠纷案,结果邢云飞被抓进监狱,他的房产和土地都被抵押了。

尚书又托人给邢云飞的儿子带信:只要你父亲交出石头,就可以摆脱官司并收回田产。

邢云飞听了儿子传的话,怒道:"我宁可一直被关在这里,也绝不把石头拿出来跟他们做交易!"

邢云飞的妻子和儿子商量后,最终还是瞒着他把石头送到了尚书家。

邢云飞出狱后,得知石头被尚书抢走,痛不欲生。他几次要去找尚书拼命,都被家人拦了下来。

少年读《聊斋志异》

梦遇石神

一天晚上，邢云飞梦到一个男子来到自己跟前，说："我叫石清虚。你不要悲伤，我现在只不过跟你暂时分离一年而已。明年八月二十日天亮时，你到海岱门用两贯钱就能把我赎回。"【评】石清虚是石头的守护神，也可以说是石头的灵魂。

邢云飞高兴极了，恭恭敬敬地记下石清虚说的日子。

却说石头到了尚书家，下雨天从来不冒云絮，神奇的石头变成了普通的顽石。时间一长，尚书也就不珍视了。

【评】尚书大人有钱有势，略施小计就能抢夺老百姓的东西。可你想看石头美景，石头偏不给你看！估计这位达官贵人并没有好好琢磨一下：石头为什么到自己家里就不神奇了？

第二年，尚书获罪削职，不久就去世了。邢云飞如期来到海岱门，恰好遇到尚书的家人把石头偷出来卖。邢云飞用两贯钱把石头买回了家。

笔墨里的精灵

县令又盯上石头

邢云飞八十九岁时去世。儿子遵照他的遗嘱,把石头埋在他的墓中。半年后,盗墓贼把石头偷走了。

邢云飞的儿子经过许多曲折,终于抓到了盗墓贼,把他扭送到了官府。经过审讯,盗墓贼交代:"我把石头卖给了一个姓宫的人。"

县令下令,把石头取回来。

案件至此已经查清,石头本该物归原主,没想到县令也喜欢上石头了,爱不释手,说:"先把它放到县衙的仓库里保存吧!"【评】又来了个利用职权对奇石伸手的人!

小吏依令去搬石头,没想到石头一下子掉在地上,碎成数十片。众人无不大惊失色,都觉得纳闷儿:坚硬的石头怎么可能摔得这么碎?太奇怪了!

最后,县令重责了盗墓贼。

邢云飞的儿子拾起石头的碎片,将其埋到父亲的墓中。

《聊斋》里的秘密

古人爱做"石头文章"

爱石赏石,进而在石头上"做文章",这可以说是我国古代文人独特的一种文化传统。

"石能言"是历史上著名的典故。《左传·昭公八年》记载:晋国有块石头会说话,晋侯问臣子师旷:"为什么石头能说话?"师旷回答:"石头本身不能说话,是有人借石头来说话。当权者昏庸无道,老百姓活不下去,石头说话有什么奇怪的?"

古代文人喜欢石头的很多。据说,宋代著名的书法家米芾(fú)酷爱奇石,居然称奇石为"兄",膜拜不已。人们称他为"米颠",还把他拜石头的事告到皇帝那里。

蒲松龄很欣赏米芾,写过"若遇米南宫(米芾字南宫),仆仆不胜拜"的诗句。蒲松龄也很爱石,现在蒲松龄纪念馆里仍然保留着他当年在毕家教书时摆的三星石、蛙鸣石。毕家有许多太湖石,蒲松龄特别喜欢其中一块一丈多高的石头,称它为"丈人石",而且写诗赞

曰："石丈犹堪文字友，薇花定结喜欢缘。"这都说明蒲松龄拿石头做文章并不是突发奇想。

众所周知，《红楼梦》的另一个名字是《石头记》。有人认为曹雪芹受蒲松龄的影响，拿石头做文章就是证明。我国古代小说有两颗明珠——文言短篇小说集《聊斋志异》和白话长篇小说《红楼梦》。蒲松龄继承前人的精华创作了《聊斋志异》，曹雪芹继承包括蒲松龄在内的古代小说家的精华创作了《红楼梦》。中华文化源远流长，中国古代文学不断有高峰出现，哪一个文学巨匠也不是从天上掉下来的，而是站在前人的肩膀上，才有了更辉煌的成就。

少年读《聊斋志异》

哲理金句

石犹如此，何况于人

　　意思是石头尚且如此，何况是人呢？化用典故"木犹如此"。东晋时期，大臣桓温北征经过金城，看到他昔年种下的柳树已经长大，手攀柳条流泪感叹说："木犹如此，人何以堪。"事见《世说新语》。

文化史常识

【尚书】明清时期，朝廷主要的行政机构分为六部：吏、户、礼、兵、刑、工。六部长官为尚书，副长官为侍郎。尚书在明代为正二品，清雍正年间升为从一品。

原典精读

异史氏曰："物之尤❶者祸之府❷。至欲以身殉石，亦痴甚矣！而卒❸之石与人相终始，谁谓石无情哉？古语云：'士为知己者死。'非过也！石犹如此，何况于人！"

注释

❶尤：突出，特异。❷府：汇集的地方。❸卒：终于。

大意

异史氏说："奇异的物件必定会带来大的灾祸，至于邢云飞打算以身殉石，也算是痴迷的了。而最终石头跟人同命运、共始终，谁说石头无情呢？古人说'士为知己者死'并不过分。石头尚且如此，何况是人呢？"

彩翼翩翩为人来

小小鹦鹉真可爱,
甘郎儿时勤喂养。
一句玩笑成婚约,
化作新娘报甘郎。

改编自《聊斋志异·阿英》

说《聊斋》

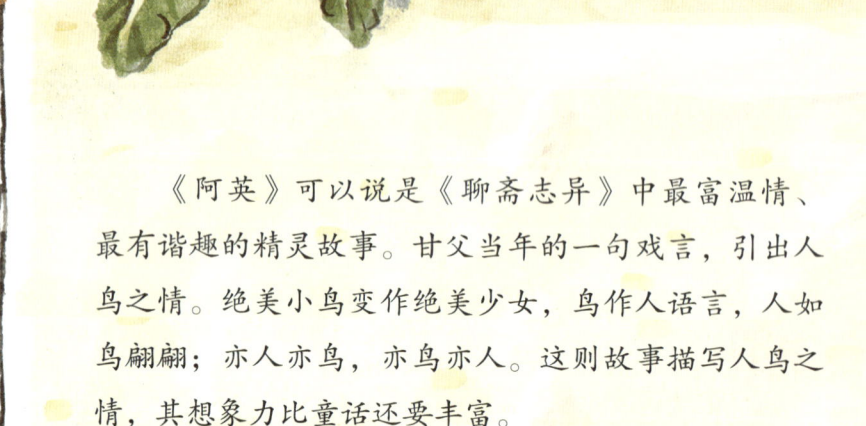

　　《阿英》可以说是《聊斋志异》中最富温情、最有谐趣的精灵故事。甘父当年的一句戏言,引出人鸟之情。绝美小鸟变作绝美少女,鸟作人语言,人如鸟翩翩;亦人亦鸟,亦鸟亦人。这则故事描写人鸟之情,其想象力比童话还要丰富。

　　唐代诗人杜甫在诗歌《鹦鹉》中说:"鹦鹉含愁思,聪明忆别离。翠衿浑短尽,红觜(zuǐ)漫多知。"宋代大文豪欧阳修在《踏莎行》中有这样的句子:"雨霁风光,春分天气,千花百卉争明媚。画梁新燕一双双,玉笼鹦鹉愁孤睡。"前代诗人喜欢把鹦鹉拟人化,蒲松龄则直接把鹦鹉化成美丽的少女。

庐陵有个书生名叫甘玉，字璧人，父母早亡。他有个弟弟叫甘珏（jué），字双璧，从五岁起便由哥哥抚养。

甘氏兄弟都有美玉般的品质，甘玉爱弟如子，甘珏敬兄如父。甘珏模样英俊，文采出众。甘玉常说："我的弟弟十分出色，我得给他找个好妻子。"

有一天，甘玉在寺中读书。晚上，他看到窗外有三四个少女席地而坐，还有丫鬟来回送酒菜。

甘玉侧耳细听，闻得一个女子问另一个女子："秦娘子，阿英怎么没来呢？"

被呼作"秦娘子"的那个女子回答："她昨天受伤了，所以没来。她因为不能来，还生气了呢！"

正当她们说说笑笑时，忽然有个雄健的男子闯了过来。他的眼睛像鹰眼一样闪闪发光，样子非常凶恶。姑娘们哭着四散而逃。秦氏跑得慢，鹰眼男子抓住她一口咬了上去。秦氏哀啼倒地，即将丧命。

说时迟那时快，甘玉拔剑冲了出去，砍伤了鹰眼男子的一条腿。鹰眼男子忍痛逃走了。甘玉扶秦氏进屋，发现她右手的拇指已断，便扯了一块布给她包扎。

甘玉觉得秦氏美丽温婉，便把想给弟弟娶妻的想法告诉了她。【评】甘玉想让秦氏做弟弟的妻子。秦氏说:"我现在身体有伤,不能为你家操持家务,但是我会帮你弟弟找个好伴侣。"甘玉让秦氏好好休息,自己到别处去住了。

第二天一早,甘玉发现秦氏已经离开了。他以为秦氏回家了,便到附近的村子查访,可没有打听到任何消息。他回去对弟弟说了这件事,悔恨不已。

【评】甘玉巧遇的美丽姑娘秦氏,实际上是一种会学人语的鸟——秦吉了;鹰眼男子则是一只老鹰。

过了几天,甘珏在野外游玩,遇到一个美丽的少女。她微微一笑,用秋水盈盈的眼睛四处看看,然后问:"你是甘家二郎吗?"甘珏应道:"是。"女子又问:"令尊早已为你我订下婚约,你哥哥为什么想背弃婚约,给你另寻秦家女子?"甘珏说:"我没听说过这件事,请告诉我你是谁家的姑娘,待我回去问问哥哥。"女子说:"不需要问我的姓名,只要你应允,我自己去你家。"甘珏说:"没有哥哥的

笔墨里的精灵

允许，我不能答应。"少女笑道："你这么怕哥哥？我姓陆，住在东山望村，三天内等你的好消息。"

甘珏回家后，把路遇少女的事告诉了哥嫂。

甘玉说："这太荒谬了！父亲去世时我二十多岁，倘若他跟陆家有婚约，我能不知道吗？对了，你觉得那姑娘如何？"甘珏不好意思说。嫂子推测那姑娘是个佳人，可甘玉却武断地说："小孩子家哪儿懂这个？如果娶不到秦氏，再考虑陆家的姑娘吧！"

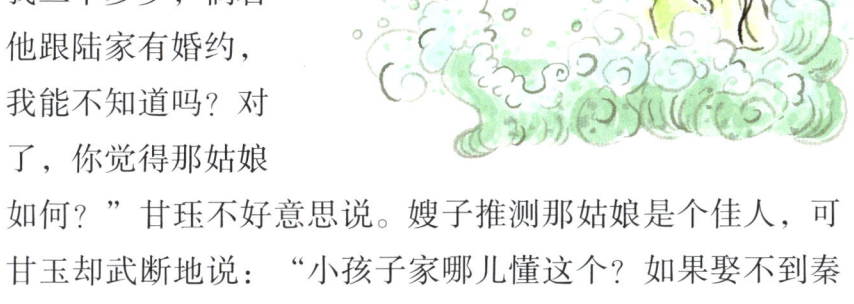

过了几天，甘玉在路上看到一个少女边走边哭，于是让仆人过去问她为什么哭。少女回答："我原先被许配给甘家二郎，因为我们家穷，住得又远，所以跟甘家断绝了交往。近日我听说甘家三心二意，要背弃婚约。我要去问问甘璧人，他打算把我放到什么地方。"

甘玉又惊又喜，说："甘璧人就是我呀！先父跟你家有婚约，这件事我实在不知道。这里离我家不远，请你跟我回去一起商量。"

甘玉跳下马，让少女骑上去，自己则步行跟随。

少女说："我小名阿英，跟表姐秦氏一起住。"甘玉恍然大悟：秦氏之前说要给弟弟介绍的姑娘，原来就是这一位呀！

【评】阿英委婉善言，她其实是来向甘家大哥问罪的，她也知道跟她说话的就是甘玉，但是她不直接质问甘玉，而是装作跟偶遇的陌生人诉苦。

阿英与甘珏很快成婚了。甘玉既为弟弟能娶到好媳妇而高兴，又担心阿英太漂亮，会招人闲话。可阿英不仅温婉端庄，还特别会说话，对待嫂子像对待母亲那样尊敬，嫂子很喜欢她。

这一天是中秋节，甘珏夫妇喝酒庆祝，嫂子派人来叫阿英。甘珏正跟阿英说话呢，听闻她要去嫂子那里，很失望。阿英让嫂子派来的人先走，说自己随后就到，然后一直跟甘珏聊天。甘珏怕嫂子等得不耐烦了，便催她走。阿英只是笑笑，最后也没去。

第二天一早，嫂子来看望阿英，说："昨天晚上咱们面对面坐着，你怎么一直闷闷不乐？"阿英微微一笑，没有回答。

甘珏觉得奇怪，再三询问，说："昨晚阿英一直跟我在一起呀！"嫂子大惊失色，说："如果她不是妖怪，怎么会分身术呢？"

哥哥甘玉得知后害怕了，隔着帘子对阿英说："我家世代积德，没有仇人冤家，如果你是妖怪，请赶快走吧，千万不要伤害我弟弟！"

阿英很不好意思地说："我确实不是人，只因为爹

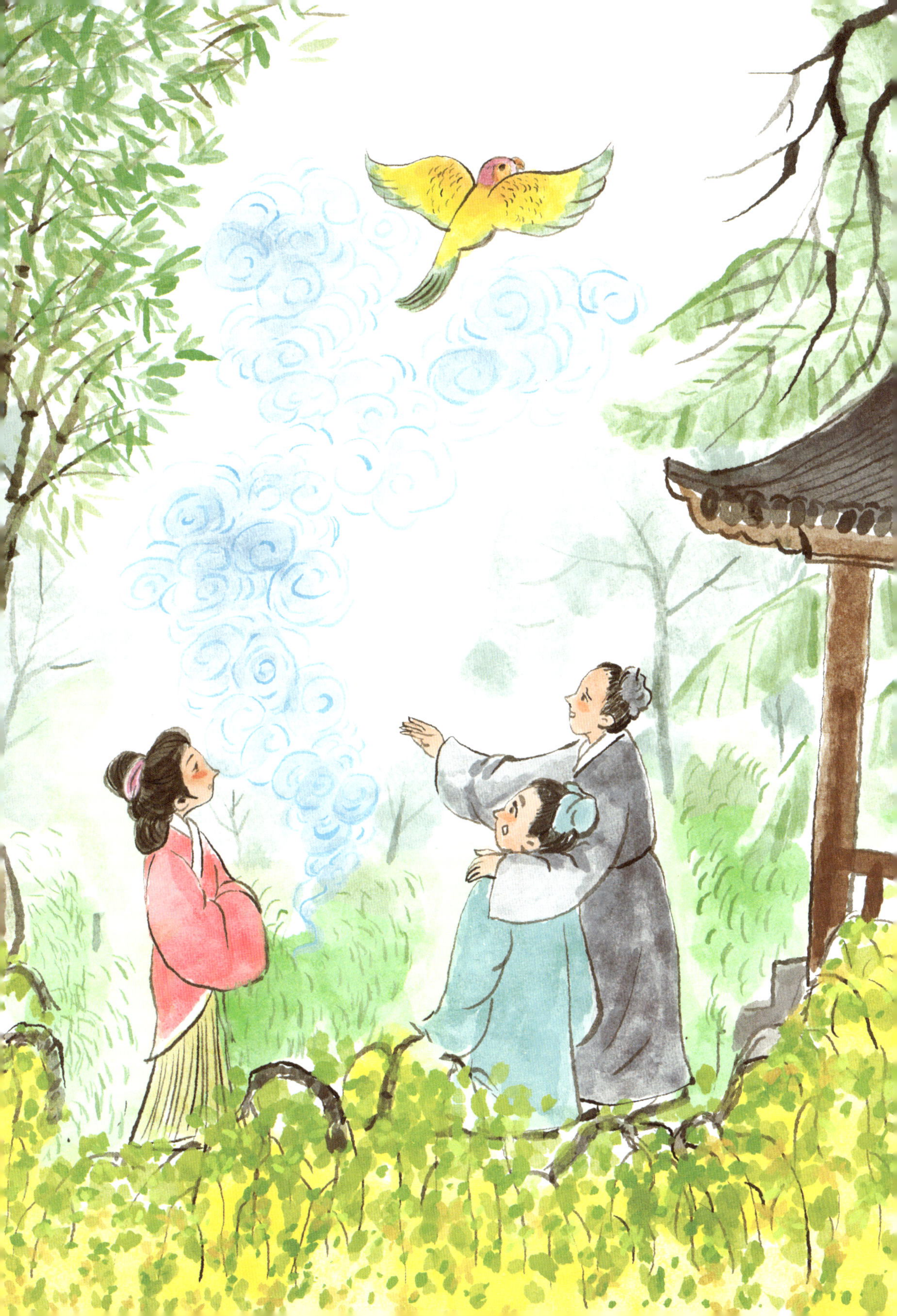

爹为我订下婚约，秦家姐姐劝我一定要来。我本打算告辞的，之所以恋恋不舍，是因为你和嫂嫂待我不薄。现在你既然怀疑我，那我就跟你们永别吧！"转眼间，阿英化成鹦鹉，翩翩飞去。

一只鹦鹉怎么可能跟甘珏有婚姻之约呢？原来，甘氏兄弟的父亲甘翁在世时，养了一只聪明的鹦鹉。当时，甘翁常常亲自喂它。甘珏少年天真，问父亲："喂它做什么？"甘翁开玩笑地说："哈哈，把它养大了将来给你做媳妇！"甘家人因此都拿鹦鹉是甘珏的媳妇这件事开玩笑。后来，鹦鹉挣断锁链飞走了，估计是飞到仙境修炼，修成人形后，回来兑现婚约。【评】一只小小的鹦鹉，却懂得"一言既出，驷马难追"的道理，令人钦佩！

绿衣长裙真婉妙

绿衣长裙女,
歌声很动听,
原是小绿蜂,
多礼又多情。

改编自《聊斋志异·绿衣女》

说《聊斋》

　　蒲松龄特别擅长亦人亦物、亦人亦精灵的创作手法。他笔下的绿衣女，初看是人，仔细一想又有某种动物的特点。进入于生书斋的少女，其实是由小小的绿蜂变化而成的，她的服饰暗含她的动物性特点。比如"绿衣"，说的是小绿蜂的颜色；"长裙"，说的是小绿蜂的翅膀。另外，书中还说她格外灵巧，也是暗寓绿蜂身体娇小。

　　这个美妙的精灵，是如何走入于生生活的呢？她又将面临怎样的结局？请跟随蒲松龄的笔锋，认真阅读吧！

深山来了个美少女

　　益都人于璟（jǐng）在醴泉寺读书。有一天，他正在读书时，忽然听到外面有个女子说："于相公读书真是勤奋啊！"

　　于生惊讶极了：深山里哪儿来的女子呀？

　　他正疑惑时，女子已经推门走了进来，一边笑一边又说："于相公读书真是勤奋啊！"

　　于生忙惊奇地站起来，被女子深深地吸引了。【评】来的女子什么模样？《聊斋志异》原文是这么写的："绿衣长裙，婉妙无比。"

　　于生断定绿衣女不是凡人，便一个劲儿地询问："你住在什么地方？"

　　绿衣女笑着说："你看我这模样像坏人吗？你为什么要一问再问？"

　　于生听她这么说，只好作罢。他明明知道绿衣女不同寻常，但依然很喜欢她。

　　从此，绿衣女每天晚上都来找于生。两个人一起聊天，一起读书，结下了深厚的情谊。

绿衣女的歌

于生发现绿衣女身形苗条,异于常人。【评】《聊斋志异》原文写道:"腰细殆不盈掬。"双手捧取为"掬",说绿衣女的腰不盈掬,显然是夸张之辞。其实这是蒲松龄用细节刻画绿衣女有绿蜂的外形。人们平时形容腰细,不就用"蜂腰"这个词吗?

于生还发现绿衣女很懂音律,便说:"你的声音这么娇细,如果唱支曲子,必定十分动听。"

绿衣女说:"我不敢唱,怕你听了还想听。"

于生请求道:"唱吧,唱吧!"

绿衣女说:"既然你一定要我唱,那我就献丑了。但我只是小声唱唱,表示一下我的情意就行了。"

说罢,绿衣女轻轻拍打着坐榻,唱了一支曲子:"树上乌臼(jiù)鸟,赚奴中夜散。不怨绣鞋湿,只恐郎无伴。"【评】这支曲子的大意是:树上乌臼鸟的啼鸣声惊散了两人的聚会,她不担心绣鞋被打湿,只担心心上人失去伴侣。"乌臼鸟"是一种候鸟,形状像乌鸦而体形稍小,它常在五更天叫,惊扰人的睡梦。

绿衣女唱完,打开门向外看了看,仿佛在确认窗外是不是有人。如此还不放心,她又出去绕着屋子走了一圈,确信外面没有人才回来。

奇特的"谢"字

　　天快亮了,绿衣女准备离开。她刚打开门,又缩回来了,对于生说:"哎呀,不知道什么缘故,我心里很害怕,你送我出去吧!"

于生起来,把她送到门外。绿衣女又说:"你别走啊,就站在那儿,看着我转过墙角后再回去。"于生说:"好啊!"他看着绿衣女转过房廊,直到不见她的身影,才准备回去继续睡觉。

突然,于生听到绿衣女大喊:"救命!救命!"

于生快步赶去,转过房廊——绿衣女在哪儿呢?

周围一个人也没有,但是绿衣女的呼救声还在继续。

哦,喊声来自屋檐下。于生抬头一看,有个像孩童玩的琉璃球那么大的蜘蛛,蜘蛛正抓着一个很小的东西,叫声就是那个小东西发出来的。它叫得非常凄惨,嗓子都哑了。

于生赶快把蜘蛛网挑下来,发现一只小绿蜂被网住了。他把缠绕在小绿蜂身上的蛛丝去掉,此时小绿蜂已奄奄一息了。

于生小心翼翼地捧着小绿蜂,把它放到案头。

小绿蜂休息了好一会儿,才渐渐苏醒。它艰难地试着行走,慢慢地爬上于生的砚台,跳到墨汁里,接着爬出来,移动着纤细的脚走出了一个字——"谢"。【评】这个"谢"字真是妙不可言!含有感谢你爱护我、感谢你救我的意思。

然后,小绿蜂使劲拍打着小小的、绿绿的翅膀,穿过窗口,飞走了。

从此,于生深夜读书时,绿衣女再也不来了。

《聊斋》里的秘密

"偶见鹘突，知复非人"

绿衣女的形象写得太好了！

鲁迅先生曾说，人们读《聊斋志异》时，其中的精灵形象经常"偶见鹘（hú）突，知复非人"。

这句话是什么意思？通过阅读《绿衣女》，我可以做如下解释：《聊斋志异》中的精灵和人打交道的时候，一直以人的形象出现，偶尔显示出某种生物的特点，人们这才知道他们原来不是人，而是来源于大自然的其他生物。

《绿衣女》全文只有短短几百字，是一篇轻盈别致的小品。在蒲松龄笔下，绿衣女既是大自然的精灵，又是活生生的人。"绿衣长裙"指的是绿蜂的翅膀，"腰细殆不盈掬"指的是绿蜂的腰肢，"妙解音律"暗指绿蜂善于鸣叫。他表面上处处写优雅、美丽、柔弱、胆怯的少女，又时时暗点少女的真实身份，最后绿衣女变成绿蜂，也就顺理成章了。

蒲松龄把绿蜂人格化，写得巧妙、有趣、好玩。绿衣女温柔多情，有美丽的姿态、美妙的歌喉，是古代文学史上一个极有韵味的艺术形象。

有一年，我与知名女作家、茅盾文学奖获得者凌力一起讨论《聊斋志异》时，凌力问我："你最喜欢《聊斋志异》中的哪个女性？"我说："婴宁。"我问凌力喜欢哪个。凌力说："我喜欢绿衣女。"她认为蒲松龄仅用几百个字就塑造了一个轻盈、微小、胆怯，总担心美好生活将要结束的古代女子形象，这个形象太美了！

我提醒凌力："你看绿衣女时，注意到她为什么那么胆怯了吗？你要特别关注绿衣女唱的小曲，那里面大有玄机。"我为什么这么说？因为小曲隐藏着绿衣女不幸的命运。众所周知，小小的绿蜂被鸟吃掉，或者被蛛网罩住，都是常有的事。绿衣女之所以特别胆怯，是因为她受过类似的挫折（比如她在自然界的伴侣被鸟吃掉了），所以总是担心不幸会再次发生。蒲松龄写出了绿衣女特有的生存状态，刻画了古代女子一种特殊的美。

笔墨里的精灵

哲理金句

一朝被蛇咬，十年怕井绳

俗语。意思是被蛇咬过，后来看到和蛇很像的提井水用的绳子，也会感到害怕。后比喻经过一次挫折，就变得胆小怕事。

文化史常识

【益都】旧县名，在山东省中部。三国魏置县，在今寿光市境，北齐移置青州境。民间传说，大禹治水时，最大的功臣叫"益"。根据禅让制度，大禹应传位给益，益打算在青州建立都城，称为"益都"。后来，禹传位给儿子启，益都没能成为都城，但这个名称被保留了下来。

原典精读

　　声细如蝇，裁❶可辨认。而静听之，宛转滑烈❷，动耳摇心。歌已，启门窥❸曰："防窗外有人。"绕屋周视，乃入。

注释

❶裁：通"才"，略微，刚刚。❷宛转滑烈：指声音委婉动听，既圆润又激烈。❸窥：从缝隙或隐蔽处察看。

大意

　　（女子的）声音细得像飞虫的叫声，刚刚能够辨认出她唱的是什么。而静下心来聆听，她的声音委婉动听，既圆润又激烈，十分悦耳，扣人心弦。唱完了，她打开门向外看看，说："提防窗外有人。"绕着房子看了一圈，才回到屋内。

徐秀才驱怪

改编自《聊斋志异·驱怪》

莫名其妙被请走,
原来要他去驱怪。
大人物事前隐瞒真相,
事后却坐享其成。

说《聊斋》

　　大人物隐瞒真实情形,让徐秀才陷入"被动驱怪"的尴尬境地。徐秀才若稍有不慎,就会危及性命。结果,妖怪弄不清蒙头的被子是什么"先进武器",吓得不敢再来。

　　徐秀才虽然莫名其妙地成功了,却没有故弄玄虚或者居功自傲。他憨直真诚,不会"炒作"。

　　大人物"吃了泰山不谢土",设好局令人上钩,让别人驱怪,他则坐享其成,实在是老奸巨猾!

　　在蒲松龄笔下,徐秀才和大人物这两个艺术形象相互映衬,他们孰是孰非,读者读完后自有公论。

被大人物请进荒园

长山县的秀才徐远公喜欢寻仙问道,学习过画符念咒和驱魔除妖的法术,颇有些名气。

某县有个大人物,【评】《聊斋志异》原文称其"巨公",言其财产很多、势力很大,故本文称其"大人物"。准备了丰厚的礼金,写了一封诚恳的信,派仆人带着马匹去请徐秀才。

徐秀才问:"你家主人请我去做什么?"

仆人回答:"小人不知道。主人只是嘱咐我务必恭敬小心地请先生大驾光临。"

徐秀才答应了他的请求,收拾行装出发了。

到了大人物府上,大人物表现得对徐秀才十分尊敬,在中庭摆下宴席,请他喝酒。宴席十分丰盛,大人物却始终不说请徐秀才到家里来的原因。

徐秀才忍不住问:"你请我来到底要做什么?请说明白,好让我消除心头的疑惑。"

大人物顾左右而言他,说:"没事,请先生喝酒!"

徐秀才见大人物含糊其词,很不理解。他们聊了一会儿,天渐渐晚了,大人物又对徐秀才说:"咱们到花园里继续饮酒。"

大人物家的花园建造得很美，布局相当清雅，但是人进入园中却有一种阴森森的感觉。高高的树木遮天蔽日，大片竹林横七竖八地伸展，叶子蒙上了灰尘；杂乱的花卉一丛一丛的，多半掩埋在野草里。这座园子显然荒废已久。

大人物领着徐秀才来到一座楼阁前，徐秀才看到楼上布满纵横交错的蜘蛛网。

这么漂亮的花园和楼阁怎么都带着恐怖的气息？徐秀才虽然有点儿惊讶，但是也没有多想。

大人物又劝了徐秀才几杯酒。天色昏暗下来，他命令仆人点上蜡烛，要继续喝酒。

笔墨里的精灵

徐秀才推辞道："我喝得够多了，不能再喝了。"

大人物说："撤酒席，上茶！"

几个仆人慌慌张张地把餐具收走，将剩菜放到楼阁左侧的房间里，接着手忙脚乱地端上茶来。

徐秀才还没喝几口，大人物又说："抱歉，我家里还有点儿急事要马上处理，你先接着喝茶！"说完，他匆匆忙忙地走了。

徐秀才想去休息，仆人端着蜡烛将他送到楼阁左侧的卧室，把蜡烛放到桌子上，扭头就走，对待客人的态度十分敷衍。

徐秀才心想：仆人一定是着急回去抱被子了，他肯定得来跟我做伴，那就等他一会儿吧！

没想到徐秀才一等不见人，二等不见人。四处静悄悄的，一点儿动静也没有，他只好关上门准备睡觉。

"就地取材"战妖怪

皎洁的月光穿过窗户，照到床上。花园里夜鸟秋虫"唧唧啾啾"的叫声此起彼伏。

因仆人一直没有回来，徐秀才忐忑不安，始终睡不着。

过了一会儿，天花板上发出"咚咚"的声音，像巨人的脚步声，很吓人。

少顷，脚步声沿着楼梯传下来，似乎有人走近徐秀才

笔墨里的精灵

睡觉的房间。

徐秀才非常害怕，头发和汗毛像刺猬的刺一般立了起来，他急忙把被子蒙到头上。

房门"咣当"一声，被推开了。

徐秀才掀起被角悄悄地观察，借着月光看到了一个大怪物：全身长着马鬃般的深黑色长毛，张着大口，露出两排尖峭的牙齿，眼睛里闪烁着火把般明亮的光。

那怪物走到桌子前边，发现了剩饭，低下头用舌头舔舐，几个菜盘被他舔得像洗过一样。

怪物吃完剩饭，走近睡榻，嗅了嗅徐秀才的被子。

徐秀才出其不意，突然跃起，翻过被子蒙住怪物的头，用力按住，厉声喊叫。

怪物大吃一惊，惊慌地挣脱了被子，狼狈逃窜。

妖怪绝迹

见怪物逃走了，徐秀才松了一口气，立刻披上衣服，想马上离开这里，却发现进出花园的门被从外边锁上了，出不去。他只好沿着墙根疾走，总算找到一段矮墙，翻了过去。墙的另一边是马厩。马夫见到徐秀才，大吃一惊。徐秀才把事情的原委告诉了马夫，请求留宿。马夫连忙照顾他住下。

第二天一大早，大人物让仆人来查看徐秀才的情况。

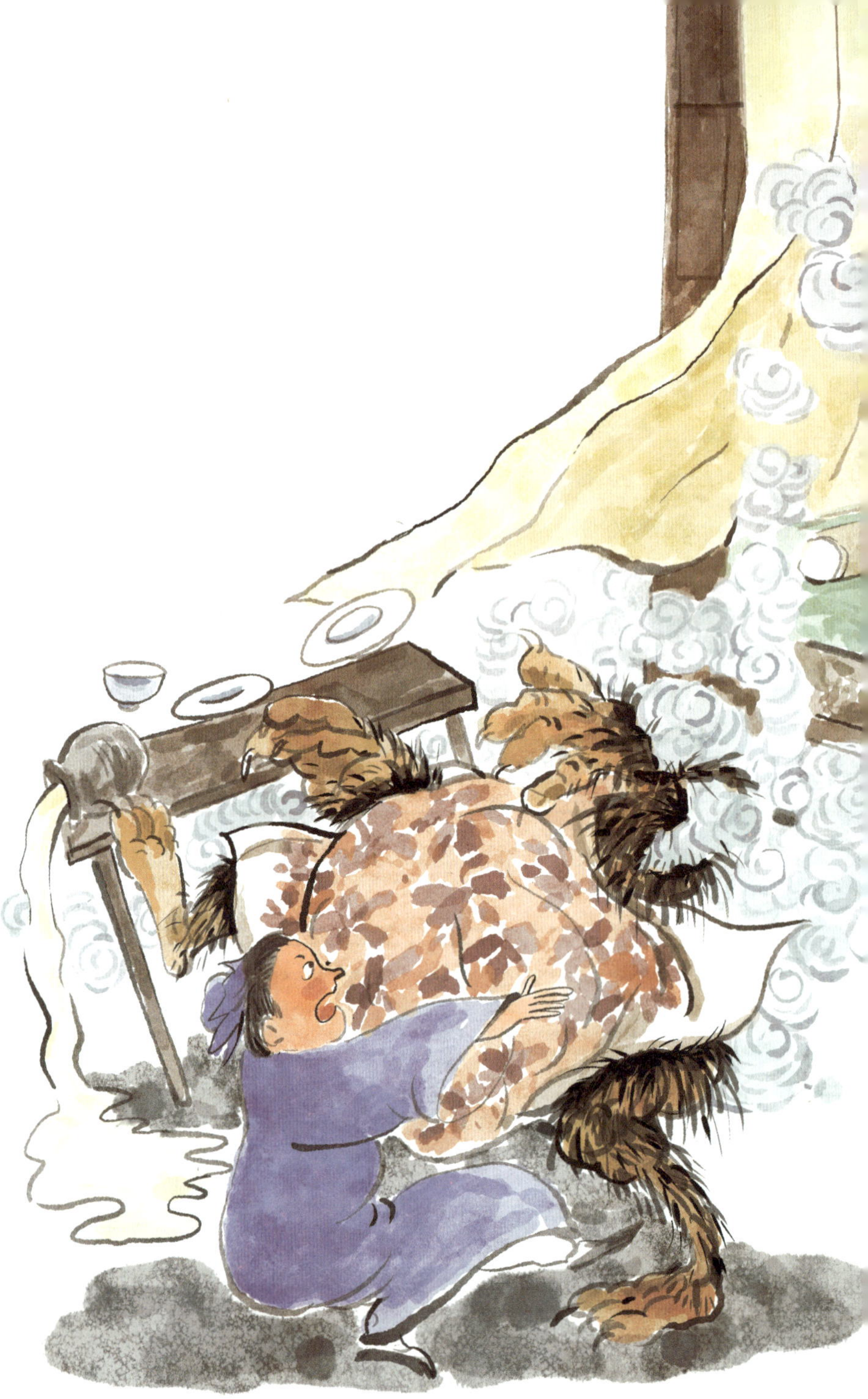

仆人一时没找到徐秀才，非常害怕，后来在马厩找到了他。

徐秀才从马厩里出来，愤怒地对大人物说："你请我来驱怪，却又秘而不宣。我的背包里放着捉妖怪的如意钩，又不送到住的地方，你这是想让我送死啊！"

大人物闻言，连忙谢罪道："我本来打算说实话的，又怕先生感到为难。我也不知道你还有驱怪的如意钩，请原谅我的罪过！"

徐秀才怏怏不乐，要了匹马就回家了。

从此，大人物花园中的妖怪绝迹了。

后来，大人物在花园里招待宾客时，总是得意地对客人说："我不会忘记徐秀才的功劳。"

原典精读

异史氏曰："'黄狸黑狸❶，得窜者雄。'此非空言也。假令翻被狂喊之后，隐其所骇惧❷，而公然以怪之遁为己能，天下必将谓徐生真神人❸不可及。"

注释

❶狸：狸猫，泛指猫。❷骇惧：震惊、害怕。❸神人：神奇的人。

大意

异史氏说："'不管黄猫黑猫，捉住老鼠就是英雄。'这不是空话。假如徐秀才翻过被子蒙住妖怪并高声大喊之后，隐瞒自己的恐惧和震惊，公然宣传妖怪逃跑是因为自己施展驱怪本领的结果，天下人必定会说徐秀才真是个神奇非凡的人，一般人不能企及。"

『美人鱼』的故事

鱼也爱诗,
以诗传情;
人鱼相知,
吟诗治病。

改编自《聊斋志异·白秋练》

说《聊斋》

你知道吗？中国也有"美人鱼"的故事，其诞生甚至比安徒生写的《美人鱼》早一百多年。

蒲松龄笔下的"美人鱼"是白鳍豚白秋练，她和人间爱诗的青年男子慕蟾宫相知相爱，谱写了一个动人的传奇。

在《白秋练》这则故事中，诗歌起到了无与伦比的作用——可以传情，可以做媒，可以预知人物的命运，可以治病救人。蒲松龄笔下的"美人鱼"以诗为命，她依恋诗，就像鱼儿离不开水。所以我要说，白秋练是鱼的化身，同时也是诗的化身。

因诗生情

直隶商人慕小寰的儿子慕蟾宫天资聪颖，喜欢读书。十六岁这年，慕蟾宫随父亲来到武昌做生意。父亲住在旅店里看守货物，慕蟾宫常常趁父亲不在时，高声读诗，读得铿锵动听。

慕蟾宫读诗时，总感觉窗边有人影晃动，像是有人在偷听。

一天晚上，月色很好，慕蟾宫读诗时，见又有人在窗外徘徊。他猛地打开门，只见听诗的人被月光映照得清清楚楚，原来是个美丽的女子！

那女子看到慕蟾宫出来，急急忙忙走开了。

又过了两三天，慕家的货物都装好了，父子俩准备回北方。晚上，船停靠在湖边，父亲出门去了，慕蟾宫则一直待在船上。

这时，有个老妇人进来，说："郎君杀了我的女儿！"

慕蟾宫大吃一惊,问:"我怎么杀了你女儿?"

老妇人说:"我姓白,我女儿名秋练。她想听你吟诗,想得吃不下饭、睡不着觉。我想让她跟你成亲,请不要拒绝。"

虽然慕蟾宫喜欢那个听诗的女子,但老妇人提出订立婚约,他却不敢马上答应,因为当时儿女婚姻由父母做主。老妇人气愤地说:"世间有的是想给我们送聘礼的,今日老身亲自做媒,反而不被接纳,真是奇耻大辱。既然如此,你就别想北渡了!"说完就走了。

不一会儿,父亲回来了。慕蟾宫把遇见老妇人的事情及她的意思编成一段好听的话,委婉地告诉了父亲,希望他能接纳。但父亲觉得不可思议,一笑了之。

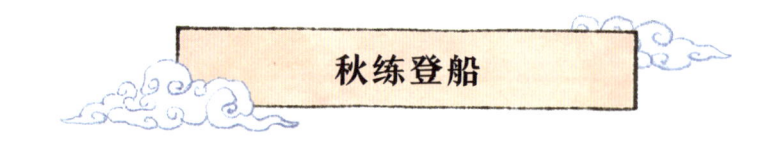

秋练登船

慕家父子停船的地方,本来水很深,能淹没船桨。这天夜里,船底忽然拱起大片沙石,船搁浅了,动弹不得。

【评】这是白老太太在施展法力,使慕家不能开船。

父亲留下慕蟾宫看守货物,自己回北方去了。

慕蟾宫想去寻找那个女子,后悔自己没问她家住在什么地方。

天刚黑,白老太太便扶着女儿来了。她让女儿躺下休息,对慕蟾宫说:"人都病成这个样子了,你不要像没事

人似的！"说完，她又走了。

慕蟾宫很吃惊，端过灯来一照，见秋练娇弱妩媚，嫣然含笑。慕蟾宫要她说话，她吟了一句诗："为郎憔悴却羞郎。"【评】这句诗的意思是：我因为思念郎君而面容憔悴，可是一见到郎君又感到羞怯。此处描写白秋练含蓄而有才思。

慕蟾宫听了非常欢喜，爱慕之心更生了几分。秋练也很高兴，说："你给我吟诵三遍王建的'罗衣叶叶'诗，我的病就全好了。"

慕蟾宫忙高声吟诵道："罗衣叶叶绣重重，金凤银鹅各一丛。每遍舞时分两向，太平万岁字当中。"

慕蟾宫吟过两遍，秋练便能坐起来了。她笑着说："我的病好多啦！"说罢，用娇柔的声音跟慕蟾宫一起吟诵起来。

认利不认情

慕蟾宫问秋练住在什么地方。秋练说："我跟你不过是偶然相遇，能不能在一起还不一定，你何必知道我家住在什么地方呢？"

然而，相处的时间久了，两人互相爱慕，发誓要结为夫妻。

一天夜里，秋练神情凄惨，不停地落泪。慕蟾宫忙问："你怎么了？"秋练说："你父亲要回来了，我刚才用书占卜我们之间的事，打开就是李益的《江南曲》。这可不是什么好兆头。"【评】《江南曲》的诗文如下："嫁得瞿塘贾（gǔ，商人），朝朝误妾期。早知潮有信，嫁与弄潮儿。"白秋练因为诗中有"朝朝误妾期"，认为她与慕蟾宫的婚事不吉利。

慕蟾宫安慰她说："这句诗的头一句就是'嫁得瞿塘贾'，岂不是大吉大利？"秋练稍感欣慰，起身告别。

慕蟾宫拉住她的胳膊流下泪来，问："假如父亲答应我们的婚事，我到什么地方给你送信？"

秋练说："我会派人探听消息。令尊是否同意，我马上就能知道。"

父亲回来了，慕蟾宫把自己跟秋练的事告诉了他。父亲怀疑他招惹来历不明的女子，把他责骂了一顿，又细细地检查船上的货物，确认没有一点儿损失才放下心来。【评】可见慕老头是个只认蝇头小利、缺少人情味的角色。在他看来，感情并不重要，只要财产不受损就好。白秋练的母亲把女儿的爱情放到首位，慕蟾宫的父亲则把金钱放到首位，两个家长的品质对比鲜明。

过了端午节，天降大雨，船通航了，慕蟾宫随父亲回到了北方家中。由于想念秋练，他生病了，怎么治也治不好。

慕蟾宫告诉母亲："我的病不是求医问药能解决的，只有秋练能治。"

父亲刚听到这话时十分愤怒，可时间一长，他见儿子越

笔墨里的精灵

来越瘦弱，终于害怕了，于是又载着儿子来到湖北。这一次，他登上白家的船，看到了秋练，知道儿子有救了，暗暗高兴。接着，他打听起白家的家世，得知船就是母女二人的家。父亲把儿子生病的事告诉了白老太太，希望她让秋练到慕家的船上给儿子治病。

白老太太说："我们没有订立婚约，不能去。"

秋练听到慕蟾宫病重，急得眼泪在眼眶里打转。白老太太见女儿这么可怜，再加上慕老头苦苦哀求，便同意了。

晚上，秋练来了。她走到慕蟾宫床前，呜咽着说："当年我的情况又发生在你身上了。病成这样，哪能很快就好呢？我给你吟诗吧！"

慕蟾宫说:"听到你的声音,我神清气爽。你曾经吟诵过《采莲子》,我从没忘记,请你再慢慢地吟一遍吧!"

于是,秋练曼声长吟唐代诗人皇甫松的《采莲子》:"菡萏(hàndàn)香连十顷陂(bēi),小姑贪戏采莲迟……"

慕蟾宫听完,一跃而起,病症全部消失了。

慕蟾宫问秋练:"我父亲见过你母亲了,咱们的婚事成了吗?"

秋练觉察到慕老头对她还有看法,便说:"没有。"

秋练离去后,慕老头回来了。看到儿子的病好了,他高兴极了,说:"这个姑娘不错,然而我担心她是个不安本分的人。"【评】其实,慕老头是嫌白家穷。

慕老头出去后,秋练又进来了。慕蟾宫复述了父亲的话,秋练说:"我有办法了!"

秋练的智慧

秋练对慕蟾宫说："我观察得很准确，天下的事，你越是去追赶，它离你越远；你越是去亲近，它越是抗拒。我有个办法，能让你父亲回心转意，反过来求我。"【评】慕老头嫌贫爱富，慕蟾宫一筹莫展。柔弱的秋练却从挫折中领悟到人生的智慧，找到扭转乾坤的秘诀。

慕蟾宫很好奇："你有什么办法？"

秋练说："商人无非是想赚钱，我能预知货物的价格，你们船里的货物，现在都挣不到钱。你替我告诉你父亲，他买某一类货物，可获三倍利；买另一类货物，可获十倍利。你们先回家，如果我的话应验，他自然就会接受我。咱们都不到二十岁，相聚的日子长得很，你有什么好担心的呢？"

慕蟾宫把秋练的话告诉了父亲，慕老头不相信，用余钱的一半买了秋练所说的货物。他们回到北方，慕老头置办的货物大亏，秋练建议买的货物则大赚。慕老头很佩服秋练的眼光。

慕蟾宫见状,便趁机夸赞秋练,说她能让慕家发财致富。慕老头听后,果然急于把秋练娶进门。

慕老头再次来到湖边,马上向白家提亲,接着又为儿子举行了婚礼。

秋练让慕老头继续往南走,给他列出了购货清单。

慕老头带着船做生意去了,白老太太便把慕蟾宫请到自家船上住。

三个月后,慕老头贩运的货物价格翻了好几倍,赚得盆满钵满。

慕老头带着儿子和秋练出发回北方前,秋练要求带一些湖水回去,在吃饭的时候加一点

儿，就像加调味品似的。从此，慕老头每次南行，都会给秋练带几坛水回去。

救 母

有一天，秋练突然哭了起来，要求回家。慕老头只好带着儿子、儿媳一起回到湖北。到了湖上，却不知白母去哪了。秋练敲打自家的船舷，呼叫母亲，但一直得不到回应，她不禁失魂落魄。

慕蟾宫沿湖打听白母的消息，恰好此时有人钓到一尾白鳍豚。慕蟾宫将此事告诉了秋练。秋练大惊失色，称自己有放生的想法，嘱咐慕蟾宫一定要把白鳍豚买下来。钓鱼的人要很多钱，慕蟾宫有些犹豫。秋练说："我为你们家赚到的钱不下千万，区区这点儿钱，吝惜什么？你如果不肯，我马上投湖！"

慕蟾宫不敢告诉父亲，于是偷偷拿了些钱，把白鳍豚买下来放生了。他回来后，到处找不到秋练，天快亮时秋练才回来。

慕蟾宫问："你到什么地方去了？"

秋练说："我去母亲那儿了。"

慕蟾宫问："母亲现在在什么地方？"

秋练脸红了，说："唉，我现在不得不如实相告。你放生的白鳍豚就是我母亲。近来龙宫选妃，有人报告了我的相貌。龙君下令，要母亲把我送进宫去。母亲说我已经嫁人了。龙君不听，把母亲流放到浅水之滨，因此她遭受了这番苦难。现在，龙君对母亲的惩罚还没有解除。你如果对我是真心的，请向真君【评】"真君"是法力很高或者拥有较高声望的神仙。祈祷，免除对母亲的惩罚。如果你因为我是异类而憎恨，那我把儿子留给你，舍身去救母！"

虽然秋练暴露了身份，却丝毫未影响慕蟾宫对她的感情。慕蟾宫决心求真君帮助，赦免白母，只是顾虑不容易见到真君。

"明天午后，真君必来。那时如果你看到一个跛脚道士，就朝他跪拜。他跑进水里，你也跟上。真君喜欢读书人，必定会怜悯你，答应你的请求。"说着，秋练拿出一块鱼腹绫，"真君问你求什么，你就拿出这个，请他在上面写个'免'字。"

第二天，慕蟾宫按照秋练所言，在路边等候。午后，果然有个跛脚道士走来。他向道士磕头，道士不理睬他，而是自顾自地把拐杖投到水里，然后跳到拐杖上。慕蟾宫也跟着跳了上去。他跳上去才发现，这不是拐杖，而是船。

慕蟾宫趴下给道士磕头。道士问："你求什么？"

慕蟾宫拿出鱼腹绫，求他写个"免"字。

道士说："这是白鳍豚的鱼翅，你怎么会有这个呢？"

慕蟾宫详细地对道士讲述了他跟秋练相识相知的事。

道士说："没想到她如此风雅，老龙怎么可以如此行事！"说完，他拿出笔写了个"免"字，让慕蟾宫下了船。

笔墨里的精灵

秋练拿到鱼腹绫后，救出了母亲，一家人一起回到了北方。

两三年后，慕老头又到南方去了，好几个月没有回家。原来的湖水吃尽了，秋练病倒在床，呼吸困难。她嘱咐慕蟾宫："如果我死了，不要埋葬我，在卯、午、酉这三个时辰，吟诵杜甫《梦李白》中的诗句'魂来枫林青，魂返关塞黑'。那样我的身体就不会腐烂。等父亲带着湖水回来，你把湖水倒在盆里，关上门，把我浸在湖水中，我就能复活。"

秋练喘息了几天，闭目而逝。半个月后，慕老头回来了。慕蟾宫按照秋练的嘱托去做，秋练果然醒了过来。

再后来，慕老头去世了，慕蟾宫依秋练的主意，把家搬到了湖北。

文化史常识

【青林黑塞】是杜甫《梦李白》"魂来枫林青，魂返关塞黑"两句诗的简写。蒲松龄在《聊斋自志》的结尾说："知我者，其在青林黑塞间乎！"意思是：了解我的，只有那些冥冥之中的魂魄了。

明珠暗投的鸽子

五颜六色的羽毛像天上的彩云,
跳舞像仙鹤亮翅。
这么珍贵的美禽,
却被达官贵人丢进汤锅。

改编自《聊斋志异·鸽异》

说《聊斋》

　　《鸽异》是《聊斋志异》中的名篇，它记录的不是人物的悲欢离合，而是人和鸽子的故事。它是一篇镂金错彩的名物志，也是一篇优美的哲理散文。读这样的小说，怎能不令人耳目一新？

　　张公子爱鸽，鸽神向他托以子孙，异鸽却在俗世中遭遇悲剧——被高官丢到汤锅里煮了。小说的前半部分写异鸽之美，皎洁如月；后半部分写世情之恶，暗黑如磐。异鸽的悲剧，令人深思！

　　蒲松龄写《鸽异》，一是为展示其独特的创作能力，二是为调侃世情，讽刺那些不懂风雅的人。

养鸽子如护婴儿

山东邹平的张幼量爱养鸽子，他养鸽子像抚养婴儿，十分细心。天冷了，他就把鸽子用刮了皮的甘草护着；天热了，他就给鸽子喂大盐粒。

鸽子喜欢睡觉，但如果睡的时间太长，就容易生麻痹病甚至死亡。于是，张公子从扬州花十两银子买来一只奇特的鸽子。这只鸽子特别小，善于行走，一把它放到地上，它就不停地转来转去，不转到死就不会停止，所以平时需要有人用手把住它，以免它转个不停。到了夜晚，张公子就把它放到鸽群里，如此可以让它惊醒贪睡的鸽子，免得它们生麻痹病。这种奇特的鸽子叫"夜游"。山东的养鸽人，没有谁能比得上张公子，张公子也常常以此自夸。

白衣少年送异鸽

一天夜里，一个白衣少年敲响了张公子的家门。张公子请教他的姓名，少年说："小生四处漂泊，先生何必要知道我的姓名？我听说你善于养鸽子，这也是我的爱好，这次来是希望能看看你养的鸽子。"

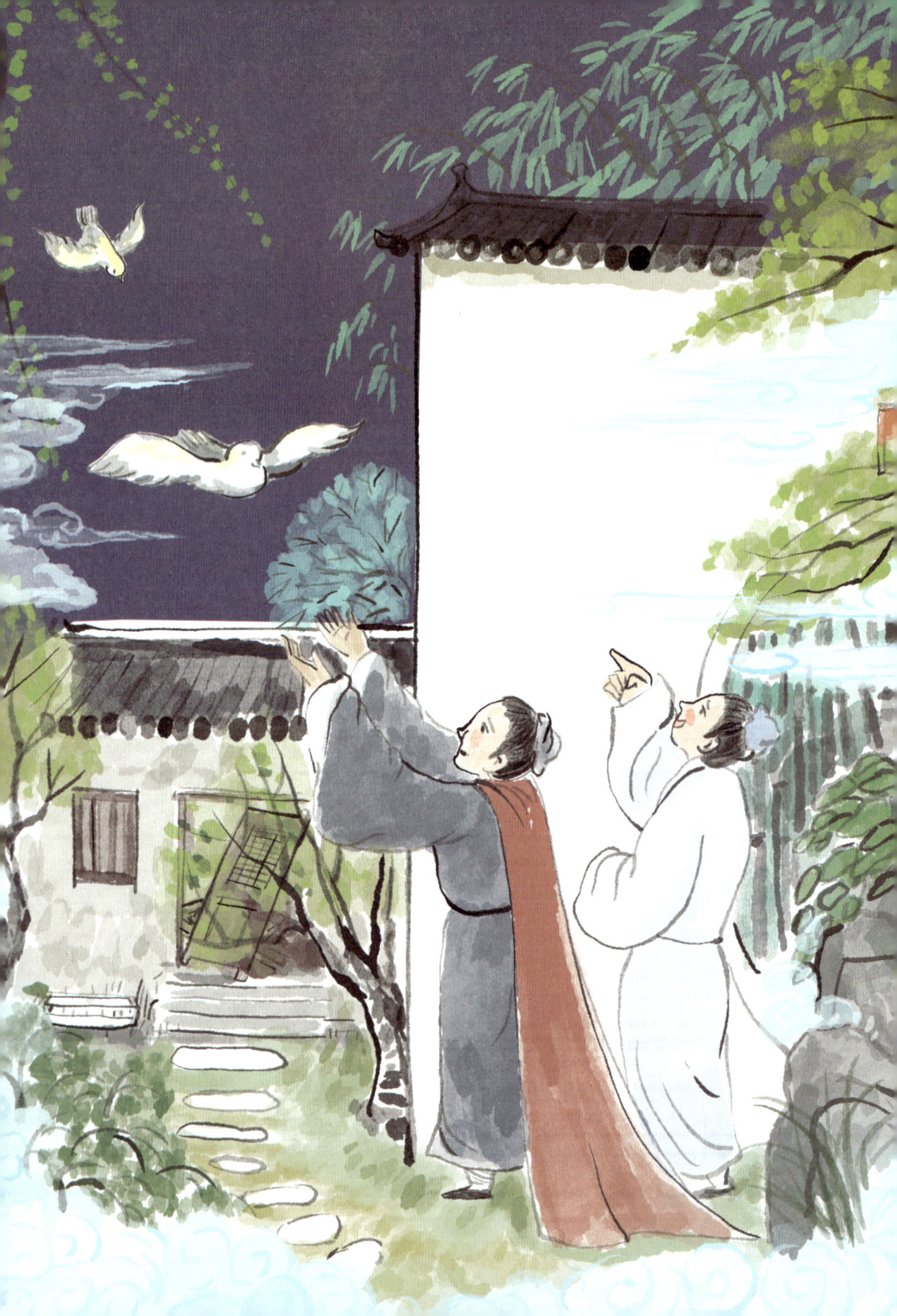

笔墨里的精灵

　　张公子把所有的鸽子放出来让少年看，它们五颜六色的，像天上的彩云。少年笑着说："他们说的果然不错，公子的确是位养鸽子的行家！我也带来了一两只鸽子，你愿意看看吗？"

　　张公子一听十分欢喜，就跟着少年往外走。月色昏黄，野外荒凉萧条，张公子不禁有些害怕，心生疑虑。少年指着前边说："请再走一段路，我的房子就在不远处。"他们又走了一会儿，张公子看见一道院墙，院里只有两间房。少年拉着张公子的手来到院里，四周夜色朦胧，没有点灯。

　　白衣少年站在院子里学鸽子叫，忽然，两只毛色纯白的鸽子飞了过来。它们飞到跟屋檐一般高时，边飞边斗，每次相斗，都会翻个筋斗。少年挥了挥手臂，两只鸽子又一起飞走了。【评】对照《鸽经》的记载，这两只鸽子应是河南名鸽"翻跳"，它们能飞到空中像轮子一样转动。蒲松龄把它们描写成边飞边斗，生动有趣！

　　白衣少年撮起嘴发出奇特的叫声，又有两只鸽子飞来，大的像野鸭子那么壮硕，小的只有拳头般大小。

　　两只鸽子落到台阶上，像仙鹤似的跳起舞来。大的伸长脖子、张开翅膀，像孔雀开屏，边叫边跳，似乎在逗引小的。小的上下翻飞，有时飞到大鸽子头顶，扇动翅膀，如燕子落到蒲叶上，声音细碎，像不停地敲打小鼓。大的伸着脖子不敢动，却叫得更急，声音变得像敲磬一般。两只鸽子配合默契，行动都合乎节拍。过了一会儿，小的飞起来,大的又转来转去,吸引小的再回来……【评】这两只鸽子,小的像浙江名鸽"诸尖",嘴像大米粒,爪子像麻雀;大的像贵州名鸽"腋蝶"的放大版,两只蝴蝶状的翅膀被放大了。蒲松龄巧用《鸽经》中记载的两个地区的名鸽组成鸽舞,写得太美了!张公子养的鸽子已经是"五色俱备、灿若云锦",而少年向张公子展示的鸽子更是美到极致。这样一段鸽舞描写动静结合、灵婉轻快,尽显蒲松龄驾驭文字的功力。

鸽神托鸽

张公子看完鸽子的表演,连声夸赞:"你养的鸽子太好了!我真是望尘莫及!"说完,他便向白衣少年作揖,请求他分几只鸽子给自己。少年不同意,张公子就再三请求。于是,少年让跳舞的鸽子飞走,又撮起嘴学鸽子叫,招来两只白鸽,对张公子说:"如果你不嫌弃,我就把这两只鸽子送给你吧!"

张公子连忙接过来玩赏。只见鸽子的眼睛映着月光,呈现出琥珀般的颜色,黑眼珠圆溜溜的,像胡椒粒;掀开翅膀看,胸前和腹部的肉像水晶,晶莹剔透,五脏六腑清晰可见。

张公子知道这两只鸽子非常珍贵,但仍不知足,继续

笔墨里的精灵

苦苦哀求，要少年再送点别的鸽子给他。少年说："我还有两种没献出来，但现在不敢再请你看了。"

这时，张公子的仆人举着火把来寻自家主人。只见少年摇身一变，化成鸡一般大的白鸽，冲上天空飞走了。张公子再看看眼前，哪儿有什么院墙、房屋？只有一座小小的坟墓，旁边种了两棵柏树罢了。【评】原来白衣少年是鸽神！其实他一出现时，作者就给出了暗示：他是白衣少年，白衣暗寓白鸽的羽毛；他自称四处漂泊，更是妙语，鸽子整天在天上飞翔，岂能不算"漂泊"？

"前禽佳否？"

张公子和家人抱着两只白鸽，惊讶着、叹息着回家了。

第二天，张公子试着让两只鸽子飞，发现它们的驯服程度世间绝无仅有。张公子对两只鸽子呵护备至，过了两年，它们繁殖了雄、雌白鸽各三只，即使最要好的亲戚朋友来求，他也不给。

张公子的父亲有个朋友，是个有权有势的人（书中称"某公"），他似乎对鸽子产生了兴趣。于是，张公子思考再三，决定投其所好，将其中两只鸽子送给了他。

后来，张公子再见到某公，不由自主地流露出有恩于他的表情，某公却连一句感谢的话也没说。

张公子实在忍不住了,问:"上次我送给你的鸽子还好吧?"【评】《聊斋志异》原文为:"前禽佳否?"

某公回答:"嗯,还算肥美。"

张公子大吃一惊,问:"你把它们煮了吃了?"

某公说:"是啊。"

张公子大惊失色,说:"这可不是一般的鸽子,这是鸽子中的绝美佳品啊!"

某公略做思考,好像在回味吃鸽子的感觉,然后说:"味道倒也没有什么特别的。"

张公子听后悔恨不已,灰溜溜地回了家。

夜里,他梦到白衣少年来了,责备他说:"我因为你爱护鸽子,才把子孙托付给你,你怎么能让它们葬身汤锅呢?现在,我要带我的儿孙走了!"说完,少年变成一只白鸽,张公子养的那些白鸽也都跟着他,边飞边叫地离开了。

天亮了,张公子起来去鸽笼查看,发现那些奇异的白鸽果然一只也没有了。他非常自责,心灰意冷,几天之内就把自己所有的鸽子分送给了朋友。

《聊斋》里的秘密

送鸽子与煮鸽子

做高官的某公知道朋友的儿子喜欢养鸽子,顺口问道:"养了多少鸽子?"这话可能跟现在的"你吃饭了吗?"一样,只是普通的寒暄,是老一辈跟小一辈没话找话说,并无讨鸽子来养的雅兴。但张公子以己之心度他人之腹,认为父亲的朋友也喜欢鸽子,既然问了就是想要,可是自己又不舍得送鸽子给外人。不过,他转念一想:某公是父亲的朋友,他的要求怎么能拒绝呢?于是,张公子挑选最好的鸽子送上。

蒲松龄在这里多多少少暗含一点儿对张公子趋炎附势的讽刺,让读者认为张公子似乎有求于某公(想谋个官差),不过他主要讽刺的是那位一点儿也不懂风雅的某公。故事的结局大家已经知道了,就是鸽子葬身于汤锅之中,被某公煮着吃了。

根据考古和文献记载,中国人驯养鸽子已经有几千年的历史了。彼时人们驯养鸽子,或者用于观赏,或者用作信鸽。《开元天宝遗事》中有"传书鸽"一条，记载宰相张九龄年轻时，家里养了许多鸽子，他和朋友之间有书信往来时，就把信系在鸽子的腿上，鸽子能把信送到他要求的地方。张九龄称鸽子为"飞奴"。至于飞鸽传书用作军事目的，更是古已有之。蒲松龄认为养鸽子是文人雅事，拿鸽子当食物则是焚琴煮鹤。

文化史常识

【焚琴煮鹤】也作"烧琴煮鹤"，指焚烧琴去煮白鹤，比喻随意糟蹋美好的事物，也指杀风景（今多作"煞风景"）。古人曾列举多件"杀风景"的事情，如用极清的泉水濯足、在山的背面盖房子、松林里忽然有人马呼喝声等，"烧琴煮鹤"也是其中之一。

原典精读

　　有父执某公，为贵官。一日，见公子，问："畜鸽几许？"公子唯唯❶以退。疑某意爱好之也，思所以报而割爱良难。又念：长者之求，不可重拂❷。且不敢以常鸽应，选二白鸽，笼送之，自以千金之赠不啻❸也。

注释

❶唯唯：应答之声。 ❷重拂：过分违背。 ❸不啻：比不上，不如。

大意

　　张公子父亲的朋友某公是高官。一天，他见到张公子，问："你养了多少鸽子？"张公子恭恭敬敬地应答着，退了下来。他猜想某公问话的意思是其喜爱鸽子，想送鸽子给某公，又难以割爱。但他又想到：长辈的要求不可以过分违背。而且他不敢拿一般的鸽子来应付，就选出两只白鸽，装在笼子里送给某公，自认为送一千两银子也没送这种鸽子珍贵。

画匹骏马骑上跑

一日千里的骏马从哪儿来?
三百年前的名家画出来。
崔生无意中获得骏马,
从此改变了自己的命运。

改编自《聊斋志异·画马》

说《聊斋》

　　元代的赵孟頫（fǔ）擅长画马，没想到在蒲松龄笔下，他画的马变成了真马，不食草料，奔驰如飞。

　　一日千里的神奇骏马和画纸上的马是如何联系在一起的呢？靠的是被火燎了一部分毛的尾巴。赵孟頫的画技鬼斧神工，蒲松龄的文笔也鬼斧神工。

　　唐传奇集《酉阳杂俎》写过一则故事：有人牵马就医，结果发现马不是真马，而是画家韩幹画的马。蒲松龄创作《画马》可能是受到《酉阳杂俎》的启发，也可能受"画龙点睛"传说的影响。赵孟頫画出来的马，被蒲松龄用生花妙笔赋予鲜活的生命，读之使人赞叹不已。

顺手牵匹千里马

山东临清县的崔生家境贫寒,家里的围墙塌了都没钱修补。

一天早晨,他看到一匹马卧在自家院中的草丛间。那是一匹非常雄健的马:马身油光发亮,有黑色的毛和白色的花纹,只是尾巴不太整齐,好像被火燎断了末梢。

崔生把马轰走,可夜里马又来了,也不知道它是从哪儿来的。就这样,崔生每天都能看到这匹马。

崔生有个好朋友在山西做官,他总想前去投奔,却苦于路远,没有健壮的坐骑。

他见这匹马天天来自家院里趴着,也没人来找,就抓住马,给它套上马鞍、拴上缰绳,准备骑着它去山西。临行前,他嘱咐家里人:"如果有人来找马,就说我借了去山西了。"

崔生骑马上路,马跑得飞快,不知不觉就走了一百多里。奇怪的是,这匹马夜里不怎么吃草料。

不好好吃草料,怎么能跑得那么快呢?崔生大感疑惑,以为马病了,胃口不好。第二天,他拉紧缰绳不让它快跑,可马又尥(liào)蹶子又嘶鸣,好像不耐烦慢慢跑似的。

崔生索性松开缰绳,任凭骏马奔驰,结果中午就到达

山西。【评】不吃草料却精力旺盛，上千里路一天多的时间就到了，这可真是一匹千里马啊！

崔生骑着马进入城市，看到马的人无不赞叹："好漂亮的马呀！"

晋王听说崔生有一匹骏马，想重金买下。但崔生怕丢马的人来找，自己没法交代，一直不敢卖。

崔生在朋友那里待了半年，家里都没传来有人寻马的消息。因此，他深信这是一匹无主的骏马，于是把马卖到晋王府，换了八百两银子，又买了头骡子骑回家。

笔墨里的精灵

骏马原自画上来

后来，晋王派校尉骑着马到临清处理紧急事务。可一到临清，马就跑了。

校尉紧紧追赶，看到那匹骏马跑进崔生的东邻曾家，突然不见了。

于是，校尉来到曾家，说："我的马跑到你家来了，还我马！"

曾家的人一头雾水："我们根本没见过你的马！"

校尉不相信："我得进你们家好好找找！"

校尉闯进曾家查看，在院子里转了一大圈，没发现任何马的踪迹。他感到非常困惑：咦，那么健壮的一匹马，怎么可能像水一样蒸发不见了呢？

校尉走进曾家的厅堂，突然看到墙上挂着一幅画。

那是大画家赵孟𫖯画的，画上有好几匹马，每一匹都活灵活现。其中一匹马的毛色、形态跟晋王府的马一模一样，特别是画上这匹马的尾巴末端，似被火燎了一部分；而晋王府失踪的马的尾巴上，也有一模一样的损伤！

校尉恍然大悟：原来我骑的不是真马，而是画上的马！

校尉没法向晋王交差，只好到当地官府状告曾家，要求赔偿。

少年读《聊斋志异》

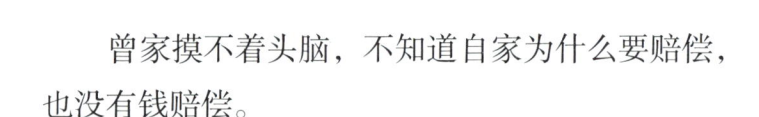

　　曾家摸不着头脑,不知道自家为什么要赔偿,也没有钱赔偿。

　　此时,崔生用卖马的钱做本钱,早就赚到了万贯家产。他听说了这件事,便自愿替曾家给校尉补偿,让校尉回去复命了。

　　曾家很感谢崔生,可他们做梦也想不到,当初把他们家画上的马卖到山西的就是崔生。

《聊斋》里的秘密

子昂画马

赵孟頫（1254—1322）是元代著名的画家、书法家，字子昂，号松雪道人。他是湖州人，出身于宋朝宗室，入元后受朝廷礼敬，曾任职于集贤院。现在，他的传世画作多以马为主，如《三世人马图》《人骑图》《秋郊饮马图》《浴马图》等。

我国古代擅长画马的画家很多，如唐代的阎立本、吴道子、王维、曹霸，宋代的龚开、李公麟等。其中赵孟頫画的马栩栩如生，首屈一指。关于他画马的传说不少。据说，他为了画马，常常在床上模仿马翻滚，细心揣摩马的动作、性情。一天，其夫人从窗隙中观察，看见床上真的有一匹马。乾隆皇帝为《浴马图》题诗时，联想到赵孟頫在床上学马的故事，于是大笔一挥，写下了"集贤画马身即马，牖（yǒu，窗户）中窥之无真假"的诗句。

原典精读

既就途，马骛驶^❶，瞬息百里。夜不甚餤刍豆^❷，意其病。次日紧衔^❸不令驰，而马蹄嘶喷沫，健怒如昨。复纵之，午已达晋^❹。

注释

❶骛驶：跑得很快。❷餤：同"啖"。刍豆：马的饲料，草和豆。❸紧衔：勒紧马嚼子。❹晋：山西的简称。

大意

上路之后，马就奔驰起来，瞬息之间就跑了一百多里地。夜里马不怎么吃草料，崔生以为马病了。第二天，他拉紧了缰绳不让马快跑，而马一个劲地嘶鸣奋蹄，喷着白沫，像昨天一样健壮。崔生重新放开缰绳让马儿奔跑，中午就到了太原。

勤劳致富的菊花神

丰姿飘逸姐弟俩，
种菊卖菊能发家。
原来他们是花神，
辛勤劳动又风雅。

改编自《聊斋志异·黄英》

说《聊斋》

蒲松龄喜欢菊花,他在坐馆(做家庭教师)时,东家毕际友也是爱菊之人。有一年,毕际友听说济南某户人家有好的菊花品种,便请蒲松龄带着毕家稀有的菊花品种前去交换。这户人家住在五龙潭旁东流水一带,此地是旧时济南商户聚集之地。蒲松龄发现,这户人家门前车水马龙,很多都是来买菊花的。他百感交集,于是后来创作了《黄英》这则以菊花为主角的故事。

在这则故事中,菊花花神黄英无脂粉气,有丈夫气,可以说飒爽如菊;书生马子才兼有"花痴"和"迂阔君子"的特点;黄英的弟弟陶三郎则豪放洒脱、聪慧热情。三人的关系以爱菊始,以花神现身终。他们的经历始终以菊花为中心。可以说,这则故事是一篇别致的"菊花传记"。

花神降临

顺天（在今北京）人马子才酷爱菊花，为求好菊种跑千里路都不在乎。他听说金陵有佳种，便从顺天跑到金陵，终于找到了两株新品种的嫩芽。他如获至宝，连忙雇车回乡。

半路上，马子才遇到了一辆油碧车，见一个少年骑着毛驴跟在车后。

这个少年名叫陶三郎，车里坐着的是他的姐姐黄英。

【评】《聊斋志异》原文说陶三郎"丰姿洒落""谈言骚雅"，是个翩翩少年。蒲松龄形容陶三郎的字句暗含菊花的风姿。

少年看到马子才带着菊花，说："其实菊花品种无所谓好坏，关键在于如何培育。"接着便讲起如何培育菊花的事，谈吐不凡。

马子才听后耳目一新，问："兄弟，你要到哪儿去？"

三郎说："到北方去。"

马子才热情地邀请道："那去我家住如何？我虽然没钱，但有茅庐可供你们居住。"

陶三郎说："我得问一问姐姐。"

黄英掀开车帘，对陶三郎说："房子小点儿、破点儿

少年读《聊斋志异》

无关紧要,关键是院子要大!"【评】其实,这不是人的要求,而是菊花生存所需。

不同的观点

就这样,陶家姐弟住进了马子才家南边荒废的园子里。陶三郎每天去北院帮马子才管理菊花。已经枯萎的菊

花,被陶三郎连根拔起,重新栽下,株株长得根深叶茂、花蕾满枝。

马子才见自家本来完全荒废的后院变成了姹紫嫣红的花圃,十分高兴,经常邀请陶三郎饮酒吃饭,两家的感情越来越深。但有一件事马子才觉得很奇怪:陶家好像从来不生火做饭。【评】这样的描写妙不妙?谁见过菊花需要生火做饭呢?这也是蒲松龄对姐弟俩真实身份的暗示。

陶三郎对马子才说:"你家里本不富裕,我们这样麻烦你不是长久之计。我可以靠种菊、卖菊为生。"

马子才一向清高,听到这话,不禁有些鄙视陶三郎,很不高兴地说:"我原以为你是个风流高士,应该能安贫乐道。你要把清高的东篱变成追逐蝇头小利的市井,这是对菊花的侮辱!"陶三郎笑着说:"自食其力,不算贪财;卖花为业,不算庸俗。人固然不可千方百计追求富贵,也不必胶柱鼓瑟以求贫穷。"所谓"话不投机半句多",马子才听了不再吭声,两人不欢而散。

其实,马子才平日里丢弃的残枝劣种,都被陶三郎默默地捡了回来。到了菊花开放的季节,马子才听到陶家门口热闹非凡,跑去一看,原来都是来这里买菊花的!马子才感到很奇怪:陶三郎哪儿来的那么多、那么好的菊花品种?

马子才登门问罪,陶三郎热情相迎,拉着他的手看菊花。马子才看到原来的荒园全部种上了菊花,

少年读《聊斋志异》

笔墨里的精灵

没有一寸裸露的土地。菊畦里刚插上小嫩芽，红的红、白的白、大的大、小的小，都是他从来没见过的品种。他本想责怪陶三郎小气，把好品种都藏了起来，可仔细一看，这些都是自己平日抛弃的！【评】这是怎么回事？枯枝劣种一经陶三郎之手，居然点"铁"成"金"了？

经过荒园变花园、劣种变异卉的感化，马子才和陶三郎前嫌尽释，和好如初。

更奇怪的是，第二天，马子才再到后院看，发现陶三郎昨天插上的小嫩芽，已经长到一尺多高了！马子才恳求陶三郎把"揠苗助长"的绝活教给他。

陶三郎回答："这不是靠言语便能传授的，何况你并不靠种菊为生，哪儿用得着这个技术？"【评】陶三郎以子之矛攻子之盾，拒绝传授不能传授的技术，机智幽默，内含玄机。

此后，陶三郎的卖花事业如滚雪球般发展起来，他不再在家里做小本生意，而是办起鲜花"市场"。他从北到南，长年在外奔波，大张旗鼓地卖花。

这一年，马子才的妻子生病去世了，马子才托人带口信给黄英，想娶她为妻。黄英听了只是微笑，并不表态。

马子才没有办法，只能等陶三郎回来再商量。没想到一年多过去了，陶三郎仍旧没有音讯，而陶家的产业在黄英的经营下蒸蒸日上。黄英又买了二十顷良田，陶家越来越兴旺。

一天，有人从广东给马子才带来陶三郎的信，陶三郎在信中嘱咐马子才娶他的姐姐，写信的时间正是马子才的妻子去世的那天。【评】这可太奇怪了，难道陶三郎能未卜先知？

马子才顺利地把黄英娶回家。黄英在两家宅子的墙上开了道门，从马家可直接走到陶家。黄英还招集工匠，大兴土木，让房子连成一片。

马子才一向自命清高，过惯了清贫的日子。他既不能忍受靠卖菊花致富亵渎东篱，也不愿意过仰仗妻子钱财的生活。有一天，他不禁埋怨黄英：

笔墨里的精灵

"我三十年的清高,都被你败坏了。"

黄英回应道:"我不是贪财之人,但如果不让家里过得富裕一点儿,会被旁人指指点点,说像陶渊明这样的爱菊之人,百世都不能发迹。我所做的这一切,都是'聊为我家彭泽解嘲'。我用自己的劳动、自己的能力发财致富,既能使自己过得好一点儿,又能为陶渊明争口气,堂堂正正,何耻之有?"【评】陶渊明曾做过彭泽令,因此"彭泽"成为陶渊明的一个代称。黄英的意思是:陶渊明之所以穷,并非他没有能力,而是不将精力放在求取财富上。黄英客气而有分寸,说话句句在理,批评了马子才以贫穷为清高的酸腐论调。

花神现形

有一次,马子才到南京办事,看到一家花店里的菊花样式新颖,怀疑是陶三郎种的。不一会儿,花店主人走出来了,果然是陶三郎。

马子才请陶三郎回家,陶三郎不肯。马子才就坐镇花店,让店里的伙计将所有的花降价出售,几天内全部卖光,然后催促陶三郎整理行装,一起租船回到家乡。等他们回到家,黄英已经替弟弟准备好了一处院子,桌椅、床铺、被褥等一应俱全,好像预先知道弟弟要回来似的。

陶三郎善饮酒,而且从来没喝醉过。马子才的朋友曾

少年读《聊斋志异》

生也是千杯不醉的酒量。一天，曾生来拜访马子才，马子才让他跟陶三郎较量较量。两人从上午开始，一直喝到第二天凌晨。曾生烂醉如泥，陶三郎站起来想回房睡觉，可出门一踏到菊畦，便倒在地上，化成了一株菊花——像人那么高，上面开了十几朵鲜艳的花，花朵比拳头还大。

马子才大惊，连忙跑去告诉黄英。黄英急忙赶来，问："三郎怎么醉成这样？"接着，她拔下菊花，放到地上，用陶三郎的衣服盖着，然后嘱咐马子才："夫君千万不要再看！"

第二天一早，马子才到院子里，发现陶三郎好端端地睡在地上！马子才恍然大悟——黄英姐弟都是菊神啊！

【评】陶三郎变菊花的情节，交代了黄英的花神身份，妙不可言。

马子才爱菊引来菊花花神，他知道妻子和弟弟是菊神后，对他们越发爱敬。可惜他好奇心太重，很想再看一次由人变菊、由菊变人的"魔术"，没想到酿成大错。

这天恰逢百花生日，曾生又来拜访陶三郎，两人约好只喝一坛酒。一坛酒将要喝尽的时候，马子才又偷偷往坛里加了一大壶。结果陶三郎醉倒在地，又变成了一株菊花。

马子才并不惊慌，他按照黄英的办法，把那株菊花拔下来，盖上衣服，自己则守在花的旁边，观察花是如何变成陶三郎的。

等了许久，花叶渐渐枯萎，马子才害怕了，急忙跑去

笔墨里的精灵

告诉黄英。黄英听后十分吃惊,说:"你杀了我弟弟!"她连忙跑去,只见那株菊花的根株已经干枯了。黄英悲痛至极,掐下花梗埋到盆里,带回内室每天浇水。马子才悔恨不已。

过了几天,马子才听说曾生醉死了。与此同时,盆里的菊花渐渐发芽,九月开了花,短短的枝干,粉红色的花朵,嗅一下,有酒的香味,马子才给它取名"醉陶"。浇上酒,这种花会开得更加茂盛。

文化史常识

【陶渊明】即东晋大诗人陶潜,字元亮,世称"靖节先生"。他是江西九江人,曾任彭泽令,因"不为五斗米折腰"而辞官归隐,隐居后以诗酒自娱,酷爱菊花。他写过"采菊东篱下,悠然见南山"的诗句,后世遂称菊花为"东篱"。

原典精读

　　陶起归寝，出门践菊畦，玉山倾倒❶，委衣于侧，即地化为菊：高如人，花十余朵，皆大于拳。

注释

❶玉山倾倒：形容人喝醉了酒，典故出自南朝刘义庆《世说新语·容止》："嵇康身长七尺八寸，风姿特秀。……山公曰：'嵇叔夜之为人也，岩岩若孤松之独立；其醉也，傀俄若玉山之将崩。'"

大意

　　陶生站起来想回去睡觉，走出房门踩到菊畦，醉倒在地，衣服蜕下来堆在一边，就地变为一株菊花：像人那样高，上边开着十几朵花，都比拳头还要大。

老虎给人做孝子

老虎吃人,
老妇哀伤。
为赎自己的罪过,
老虎承担起赡养老妇的责任。

改编自《聊斋志异·赵城虎》

说《聊斋》

古代文学家很早就拿老虎做文章了,一般是写虎有人性、虎能赎罪、虎能助人等。

蒲松龄喜爱的作家干宝在《搜神记》里有篇文章《苏易》,写苏易为难产的老虎接生,此后老虎经常给其送肉的故事。

宋代的《太平广记》收集了很多和老虎有关的故事:有的写老虎像侠客一样,不但不吃误入虎穴的人,还把人救出来送回家;有的写老虎用生鹿向人报恩;有的写害人的老虎在官员那里低头认罪。元代有人写害人的老虎因感到惭愧而化成石虎。明代有人写吃人的老虎被官员大声斥责,并老老实实挨了一百棍子。

从《搜神记》到《太平广记》,虎有人性的写法早就有了,而本篇《赵城虎》则营造了一个优美而新颖的艺术天地,写了人畜相安、两无猜忌的有趣状态。蒲松龄的想象力出类拔萃,他以虎的形状负荷人性。在他笔下,曾经吃人的兽中之王也可以变成虎形义士。

捉虎报仇

赵城有个七十余岁的老太太,她只有一个儿子。

有一天,她的儿子进山,不幸被老虎吃了。

老太太悲痛万分。【评】儿子被老虎吃了,以后谁来照顾她、赡养她?谁来给她养老送终?此处凸显老太太处境之悲惨。

老太太哭哭啼啼地到县衙告状:"青天大老爷,老虎吃了我的儿子,你得捉住老虎,给我的儿子报仇!"

县官哭笑不得:"老虎难道可以用人间的法律去制裁吗?"

本来,县官说的是人之常情。但老太太不听,继续在公堂上放声大哭,谁也没法让她住声。县官斥责她,她也不害怕。县官可怜她年老,不忍心发火,更不忍心对她施加刑罚,就暂且答应道:"好吧,我给你抓老虎。"

县官心想:即便我答应给你抓老虎,可哪个衙役吃了熊心豹子胆,敢进山抓老虎?什么人能捉住兽中之王,把大老虎"押送"到县衙,让它接受我的审判?而且,老虎能理解法律吗?【评】县官答应捉老虎,不过是安慰老太太所施的权宜之计。

可老太太还是跪在地上不肯走，哭哭啼啼的，一定要县官发出捉老虎的文书才肯离开。

县官无可奈何，只好问衙役："你们谁能接受捉拿老虎的任务？"

恰好衙役李能因为喝醉了还没醒酒，趁着酒意迷迷糊糊地走到案前，满不在乎地说："我能捉老虎！"

县官大喜，当下便签发了捉老虎的文书。看到李能拿着捉老虎的公文下堂，老太太才离开。

【评】这事是不是太离奇？但我们想想却又很合理。老太太失去了儿子，不知道老虎不受人间法律的约束，要求县官捉虎，这是因为她年老昏聩（kuì）；衙役李能明知老虎不可捉却接受捉虎的任务，这是因为他喝醉了。李能，果然很"能"；也是因为他"能"，还有更离奇的事发生。

李能酒醒后，立刻就后悔了。他以为县官只是暂时安慰老太太呢，不必当真，便拿着公文向县官复命。

县官生气地说："当初是你自己说能捉拿老虎的，现在怎么能反悔呢？"

李能张口结舌，只好说："那就请大人下令，征集猎户跟我一起捕捉老虎吧！"

县官征集了许多猎户，他们跟李能日夜埋伏在山谷里，希望能捉到那只老虎。可他们等了一个多月，连老虎的影子也没见到。

笔墨里的精灵

县官每隔几天，就把李能叫来问话："你抓到老虎了吗？什么，没有抓到？失职！来人哪，打板子！"

李能因为完不成任务，先后被县官打了几百板子，内心的冤屈没处诉说，只好跑到东郭岳庙跪地祷告。

投案自首

李能跪在东岳大帝的塑像前，一边诉说自己的冤屈，一边失声痛哭。

不一会儿，一只斑斓猛虎慢悠悠地迈进庙门。

李能一见来的是兽中之王，顿时吓得魂不附体，怕被它一口吃了。

但大老虎进来后，像一只训练有素的狗，蹲在庙门正中间，既不看李能，也不东张西望，似乎在老老实实地等候发落。

李能壮着胆子对老虎说："如果吃掉老太太儿子的是你，请低下头，让我把你捆起来。"说着，他拿出捆罪犯用的绳子套到老虎的脖子上。

老虎似乎很愧疚，俯首帖耳，任凭李能把自己捆起来。

就这样，李能拿下了老虎，牵着它穿街过市，回到了县衙。街市上看热闹的人山人海。

【评】自古至今，从没听说有人能"拘捕"老虎，一个普通的衙役偏偏像牵一只羊那样把老虎捉拿归案！这岂不是天下奇闻？然而捉老虎难，审判老虎更难，因为老虎听不懂人话，更不懂人间的法律。还有，县官听得懂"虎语"吗？

笔墨里的精灵

　　大堂上，县官问老虎："老太太的儿子是你吃掉的吗？"

　　老虎自然不能说话，只是点了点头。

　　县官又说："杀人者死，这是从古到今的法令。老太太年纪大了，只有这一个儿子，你吃了她的儿子，就没人赡养她了。如果你愿意给她做儿子，为她养老送终，我就赦免你。"

　　老虎又点了点头。

　　【评】老虎见到县令后两次点头，第一次是"好汉做事好汉当"的意思，供认不讳；第二次是许下承诺，答应像儿子一样赡养老太太。由此可见，赵城虎的外表是不折不扣的猛虎，内心却像敢作敢当、知错就改的壮士。

县官下令："把老虎身上的绳子解开，把它放了！"

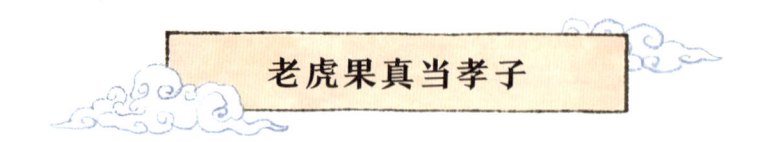

老虎果真当孝子

老太太回到家，一个劲地埋怨县官没有杀死老虎给自己的儿子偿命。第二天早上，她打开门，发现门口有一头死鹿。老太太知道是老虎送来的，既感到意外又觉得欣慰。她把鹿肉和鹿皮卖了，买些柴米油盐度日。

从此以后，老虎常常给老太太送野味来，老太太靠这些野味，日子过得还不错。

有时，老虎还会叼来一些金银、布帛丢到老太太的院子里，也不知道它是从哪儿弄来的。

老虎除了给老太太送东西之外，有时还来到老太太家，趴在她的屋檐下，活像一只大猫，一趴一整天，好像儿子守护着母亲。

老虎对老太太的奉养甚至超过她儿子对她的奉养，老太太的内心逐渐得到安慰。

【评】老虎可能还懂些"心理学"知识，它知道老太太失去儿子非常悲痛，一是因为没人赡养她，更重要的是，儿子死了，老太太非常寂寞。

笔墨里的精灵

　　就这样安逸地过了几年,老太太去世了。老虎来到老太太家中大声吼叫,像儿子在哭送母亲。

　　老太太平日积累了一些钱财,办丧事绰绰有余。同族人把老太太风风光光地安葬了。

　　老太太下葬那天,坟墓刚刚修好,老虎突然旋风似的跑来了。它在老太太墓前雷鸣似的哀叫,叫了很长时间才离去,像孝子给母亲送葬。

　　后来,赵城人在东郊立了一座"义虎祠",以此纪念这只老虎。

《聊斋》里的秘密

同时代作家写"义虎记"

跟蒲松龄生活在同一时代而且与其颇有交情的清代大诗人王士禛在《池北偶谈》中有一则写老虎的文章《义虎》，写得也很生动：

汾州孝义县狐岐山多虎。明代嘉靖年间，有个樵夫失足坠入虎穴。傍晚时分，老虎叼着一只麋鹿跳进穴内，用鹿肉喂完两个虎崽后，把剩余的鹿肉给樵夫充饥。如此一个多月，樵夫渐渐与老虎熟悉了。一天，老虎负背樵夫跃出，还把樵夫引到通往山外的大道。樵夫为感谢虎恩，和它约定某日在城西邮亭下，献猪款待。结果，老虎到得早了，先进了城，后被生擒到县衙。樵夫听说这个消息后，急忙跑到公堂上，抱着老虎痛哭。老虎也泪如雨下。县官问明前因后果后，命人给老虎松绑，并赐予食物。老虎大口吃完，再三回头，看向樵夫，恋恋不舍地离开了。为了褒扬老虎的义举，县官把邮亭改名为"义虎亭"。

王士禛在评论蒲松龄的《赵城虎》时说，蒲松龄写的老虎，跟自己曾经写过的其他两只孝义之虎类似，并感叹道："何於菟之多贤哉！"

笔墨里的精灵

文化史常识

【东郭岳庙】即东岳庙,在我国古代比较常见,是祭祀东岳大帝的道观。古人认为东岳大帝是泰山之神,掌管着人世间的生老病死、穷通贵贱,所以人们遇到困难时,经常到东岳庙烧香祈福。

【於菟(wūtú)】它是古代楚人对老虎的称谓,后来成为人们对老虎的别称。如现代文学巨匠鲁迅的诗歌《答客诮》:"无情未必真豪杰,怜子如何不丈夫?知否兴风狂啸者,回眸时看小於菟。"

原典精读

无何，一虎自外来。隶错愕❶，恐被咥噬❷。虎入，殊不他顾，蹲立门中。隶祝曰："如杀某子者尔也，其俯听吾缚。"遂出缧索❸絷虎颈，虎帖耳受缚。

注释

❶错愕：仓促之间感到惊愕。❷咥噬：咬、吃。❸缧索：捆绑犯人的绳索。

大意

一会儿，一只老虎从外边进来。李能仓促之间惊愕万分，害怕被老虎吃掉。老虎进来，不看任何地方，只是老老实实地蹲在大门里。李能向老虎拜祝说："如果是你吃了老太太的儿子，请趴下来让我把你绑上。"李能拿出绳索拴住老虎的脖子，老虎俯首帖耳让他绑了。

忠诚聪明的小狗

改编自《聊斋志异·义犬》

主人的救命钱丢了,小狗保护起来,直到献出生命。主人被强盗伤害,小狗凭借独特的『侦察能力』,帮助主人找到强盗。

说《聊斋》

蒲松龄在《聊斋志异》中，写过两只可爱的小狗，都命名为《义犬》。

第一只是黑犬。它如忍辱负重的义士，虽受鞭笞而必跟随，为了帮助主人，至死方休，还给人以能预知祸福的"智犬"印象。

第二只是芜湖犬。它为报主人的救命之恩，在主人遭难时将主人救了出来，并帮助主人找到了凶手。

这是两篇纪实小故事，怪异成分很少。蒲松龄在创造可爱的义犬形象时，强调人必须有内在美，说："世无心肝者，其亦愧此犬也夫！"

忍辱负重的黑犬

潞安某甲【评】称人的代词，多用于避讳或失名等，如同今之张三、李四。的父亲被关进监狱。为了给父亲赎罪，他把积蓄都拿了出来，勉强凑了一百两银子。

当某甲骑上骡子离家时，他养的小黑狗却一直跟着他。

某甲想轰小黑狗回去，小黑狗不听；即使用鞭子打它，它还是寸步不离。

走了几十里地，某甲到路边解手，然后继续赶路。这时，小黑狗突然跳起来咬骡子的尾巴和腿。

某甲认为小黑狗在无理取闹，又开始鞭打它。可小黑狗干脆跑到他的前面，狂叫不止，就是不让他走。某甲坚持要走，小黑狗就跳起来去咬骡子的脑袋。

某甲又打又骂，费

少年读《聊斋志异》

了好大的劲儿,终于将小黑狗轰走了,然后一路奔驰到城里。那时天色已晚,他打算找家旅店住下,却发现银子丢了一半!他顿时汗流浃背、失魂落魄。当晚,他一夜未眠,一直在琢磨银子是怎么丢的。

猛然间,某甲意识到:小黑狗阻止我前行肯定是有原因的!第二天早上,他开始往回走,边走边仔细查看银子有没有掉在路边。他十分忧虑,心想:这里是交通要道,行人如蚁,即便银子落在路上,还能留在原处吗?

等某甲回到昨天下骡解手的地方时,竟然吃惊地发现小黑狗死在了草丛中。它浑身都被汗水湿透了,而主人丢失的银子,就在它的身子底下藏着!【评】没人知道小黑狗为保护银子,到底经历了怎样的拼死抗争。

笔墨里的精灵

芜湖犬小传

周村商人到芜湖经商赚了很多钱，有一天，他打算租条船回乡，在码头上看到一个屠夫牵着一条狗，准备杀了它卖钱。

商人很可怜小狗，便花双倍的价钱把小狗赎了出来，养在租来的船上。

船主本是强盗，看到商人很有钱，于是起了歹心。他把船开到芦苇深处，准备谋害商人。

商人跪下来苦苦哀求，让船主给他留个全尸。于是，强盗用毡裹起商人，把他丢进江里。

小狗哀鸣着跳进江里，咬住毡随着江水浮浮沉沉，终于漂到了一处浅滩。

小狗跑到岸上人多的地方，狂叫不止。有人觉得它叫得奇怪，就跟着它来到江边，结果发现了商人并救了他。商人央求救他的人把他带回芜湖，他想找到那个强盗的船。可他上船准备出发时，发现小狗不见了，心里很难过。

到了芜湖，商人看到江上的船一条接一条，可哪条才是强盗的船呢？他根本找不到！恰好有同乡要回家，愿意捎着他。他刚上船，小狗就出现了，而且朝他狂吠。商人叫它上船，它却扭头往回跑。

商人下船去追小狗，只见小狗跳上一条船，猛然咬住船上一个人的腿，即便挨打也不松口。

商人上前一看，被咬住的人恰恰就是劫财害命的强盗。虽然他的衣服和船都换了，但还是被聪明的小狗认了出来！

商人忙呼人帮忙，捆住强盗，找回了自己的财物。

勤劳善良的阿纤

她窈窕秀美、勤劳聪慧,
她孝敬老人、尊敬兄长。
请你发挥想象力猜一猜,
她是什么精灵变化而成的?

改编自《聊斋志异·阿纤》

说《聊斋》

　　《阿纤》是《聊斋志异》中非常有特点的一篇小说，也可以说是一篇温馨的童话，写人和田鼠交往的故事。从表面上看，这个故事很像描写日常生活中普通人家的婚娶礼仪、家庭矛盾、夫妻聚合等，不同寻常的是，这个看似普通的家庭故事却有一个"异类"女主角——田鼠阿纤。

　　蒲松龄巧妙地把动物幻化成可爱的艺术形象阿纤，但她身上的怪异行为却非常少，试想：谁能从一个连猫都不怕的少女身上找到一丝一毫的田鼠的痕迹呢？读者完全可以将阿纤看成普通家庭的贤良女性。阿纤勤劳而聪慧，温柔而坚强，既勇于维护自我尊严，又识大体、顾大局，是个非常可爱的艺术形象。

偶遇和联姻

山东高密人奚山常到蒙阴、沂水一带做生意。

有一天,突降大雨,奚山到沂水时已是深夜。他逐一叩击旅店的门,可没有一家店肯开门让他进去。

奚山又饿又冷又困,无处投奔,只好在一处房檐下来回走动。

忽然,两扇门被推开了,一个老头走了出来,请奚山到家里去。

奚山高兴地跟老头进去了。老头说:"我可怜你无处住宿,才把你留下。我不是开旅店的,家里只有老妻小女,她们都睡熟了。这里有之前吃剩的饭菜,没法加热,希望你不要介意。"

说完,老头进里屋拿出一个矮凳放在地上,让奚山坐,又进去端出一张矮脚桌。老头匆匆忙忙的,迈着细小的步子来回跑,很辛苦。奚山过意不去,拉住老头,想让他休息一会儿。

过了一会儿,一个少女走了出来,见有客人在,便上前倒酒。老头说:"我家阿纤起来了。"【评】《聊斋志异》中是这样描写少女的:"窈窕秀弱,风致嫣然。"这句话表面上描写少女苗条娇弱,实际上暗示她并非人类。

少年读《聊斋志异》

奚山的三弟还没结婚，他见少女这么美，便暗自琢磨起来，问老头的姓名。老头说："我叫古士虚，只有这一个女儿，名叫阿纤。"奚山又问："姑娘的婆家是哪里？"古老头笑道："她还没许配人家呢。"奚山闻言，心中暗喜。

古老头把饭菜摆得乱七八糟的，好像都是几天前就做好的。【评】这样的描述十分有趣，老鼠洞里怎么可能有新鲜的饭菜呢？当然都是几天前"收藏"的。

吃完饭，奚山对古老头再次表示感谢，说："萍水相逢，我受到你这么周到的接待，永远不会忘记。因为老先生品德高尚，我才敢贸然提个要求——我的小弟三郎，今年十七岁了，正在读书，人还不笨，我想跟你家联姻，未知尊意如何？"

古老头欣然同意，安排奚山住下后便离开了。

第二天鸡叫时，古老头喊奚山起来梳洗。奚山整理

笔墨里的精灵

完行装后，拿出一些钱来给他。古老头坚决拒绝了："留客人吃顿饭，哪有接受金钱的道理？何况我们已经结成亲家了。"

一起回乡

奚山跟古家人分别后，在外忙活了一个多月，才又回到这里。在距离古老头家一里多远的地方，他遇到了一个老太太，她领着一个看上去很像阿纤的少女，两个人都穿着孝服。

少女也看到了奚山，停住脚步，拉着老太太的衣袖，附到她耳边不知说了什么。

老太太上前问道："你是奚先生吧？"奚山说："正是。"老太太神色凄惨地说："我丈夫不幸被倒塌的墙压死了，我和女儿正要给他上坟，马上回来。"说完就进了树林。【评】《聊斋志异》原文为"不幸老翁压于败堵"。这一句很重要，与后文中奚山听到"石压巨鼠"相呼应，揭示了古家人的真实身份。

过了一会儿，老太太出来了，对奚山说："我们母女孤苦伶仃、无依无靠，阿纤既然是你家三郎的媳妇，不如跟你回家吧！不过，你要先到我们家，因为我还有一些事情要处理。"奚山同意了。

到了古家，老太太点上灯，招待奚山吃过饭后，说："我们预料你要来，准备把储存的粮食都卖掉，然后跟你

少年读《聊斋志异》

走。买主谈二泉住在从这里往北走四五里的地方。请先借用你的牲口送一袋粮食过去,再让他派牲口来搬运。"

奚山带着粮食来到谈二泉家敲门,一个大肚子男人走了出来。他先把粮食卸下,又派两个脚夫赶着五头骡子来到古家储存粮食的地窖,运了四次才把粮食运完。大肚子男人把钱交给老太太,老太太整理好行李,和阿纤一起跟奚山回了高密。

奚山起了疑心

阿纤跟三郎结婚后,从不多言多语,只知道低头干活。有阿纤这个贤内助,三郎可以安心读书了。

有一天,阿纤嘱咐三郎道:"请告诉大哥,再去外面做生意时，不要说我们母女的事。"【评】阿纤心里明白，这里面埋藏着惊天的秘密。

如此过了几年，家境一般的奚家渐渐富裕起来，三郎还考中了秀才。一切似乎都很顺利、很平静。

这一年，奚山又到蒙阴、沂水一带做生意，恰巧住在阿纤的旧邻居家，偶然说起前些年他半路遇雨，找不到住的地方，到古家投宿的事情。

主人吃惊地说："你弄错了吧！我家东邻的房子空置很久了，哪有什么老头能把你留下住宿？"奚山对主人的话半信半疑。主人又说："这座宅子空了十来年，有一天，房子后面的墙倒了，我伯父过去查看，发现大石头下压着一只像猫那么大的老鼠，尾巴还在摇动。伯父忙跑出去喊人来看，可老鼠已经不见了。"

奚山回到家，悄悄地把这件事告诉了家人。他怀疑阿纤是妖怪，不由得很替三郎担心，但三郎与阿纤仍然十分恩爱。

时间长了，家里的人总是议论、猜疑，阿纤也觉察到了异常。她对三郎说："我跟你共同生活的这几年，相敬如宾，可现在你家的人不信任我。请你给我一纸休书，让我走，你可以选择更好的妻子。"说着流下泪来。

三郎说："我对你一片真心，你是知道的！自从你嫁进我家，我家一天一天富裕起来，他们都说这是你带来的福气。我哪会有别的心思？"

阿纤说："你对我当然没有二心，只是众说纷纭，恐

129

怕我终究会像秋天的扇子那样被抛弃……"

三郎再三安慰，阿纤才稍稍平静下来。

可奚山仍然不放心，天天寻找善于捉老鼠的猫放在家里，暗中观察阿纤的行为。阿纤虽然不怕猫，但是总皱着眉头，闷闷不乐。

一天晚上，阿纤对三郎说："我母亲病了，我得回家侍奉她几天。"说罢就走了。

第二天，三郎到岳母家探望，却发现家里空无一人。他到处打听阿纤母女的下落，然而一点儿消息都没有。

【评】"你们怀疑我，不尊重我，那我就坚决离开你们！"文弱的阿纤掉头而去，坚定地维护自己的尊严，表现出一个女子的坚强意志。

三郎担心阿纤的安危，吃不下饭，睡不着觉。父母哥嫂却庆幸阿纤走了，他们走马灯般地安慰三郎，劝他再娶。然而，三郎本人并不愿意。

自从阿纤离开后，奚家的日子一天比一天穷，家人又怀念起阿纤在时给奚家带来的好日子了。

坚守盟约

有一年，三郎的叔伯弟弟奚岚有事到胶州，绕道住在表亲陆家，夜里听到隔壁有人哭得很伤心。陆家人说："几年前有对寡母孤女租下隔壁的房子住，一个月前老太

笔墨里的精灵

太去世了，孤女经常哭泣。"

奚岚问："孤女姓什么？"

陆家人说："姓古。她总是关着门，不跟外边的人来往。"

奚岚惊讶地说："她是我嫂子！"

奚岚立即到隔壁敲门，有人边哭边从里面走来，隔着门板问："你是什么人？因何事敲门？"

奚岚透过门缝，看清那人确实是他的嫂子阿纤，激动地说："嫂子请开门，我是你的小叔子奚岚！"

阿纤打开门，请奚岚进去。奚岚说："三哥想嫂子想得很苦。夫妻间难免有点儿小矛盾，嫂子为什么跑到这里来了？"他想租个车子把阿纤接回去。

阿纤说："在奚家的那几年，我因为不受家人的信任，就跟母亲一起找了个地方藏了起来。现在我再主动跑回去，更要受他们白眼了。如果你一定要我回去，就让你三哥跟大哥分家。"

奚岚回到家，把遇到阿纤的事告诉了三郎。三郎连夜赶去见阿纤，夫妻相见，不由得伤心落泪。

第二天，阿纤把这件事告诉了房东谢监生。谢监生当初看到阿纤美丽贤淑，想把她娶回家，所以这几年一直没有收房租。他一次次暗示古老太太，但是老太太断然拒绝。【评】虽然奚家对阿纤不好，但阿纤心里仍埋藏着对三郎的深情。

老太太去世后，谢监生以为娶阿纤的事有希望了，可三郎忽然来了。谢监生把几年的房租一起清算，想以此为难阿纤，试图留住她。

三郎家已不富裕，听说租金很多，有些为难。阿纤说："无妨。"她领三郎查看自己的存粮，竟然有三十多石，交房租绰绰有余。最后，陆家人帮忙把粮食卖掉，交了房租，又派车送三郎和阿纤回家。

不计前嫌

三郎回家后，把自己的想法如实禀告了父母，跟哥哥奚山分了家。

阿纤拿出私房钱来建粮库，家人都笑道："家里没有一石粮食，建什么粮库？"哪知一年多后，粮库就满了。

没几年工夫，三郎家便成为大富之家，奚山家却十分贫穷。阿纤把公婆接到家里奉养，还经常拿钱粮接济奚山。

三郎喜悦地说："你可真是人们说的不念旧恶啊！"

阿纤说："大哥当年那么做，是因为关心你。何况如果不是他，我哪有缘分跟你认识呢？"【评】阿纤不仅以德报怨，还能理解、体谅奚山的行为，真是善解人意、与人为善。

后来，奚家再也没有发生过什么怪异的事。

《聊斋》里的秘密

"接地气"的精灵

蒲松龄钟爱的精灵，除非像绿衣女那样被蜘蛛网网住，或者像阿英那样与家人诀别，否则绝对不会轻易露出原形，那样太杀风景。对于类似阿纤这样的角色，擅长写故事的蒲松龄通过人物的对话、行为等细节，埋下重要的伏笔，信笔点染，妙趣横生，让精灵具有人的性格，同时体现出动物的特点。

比如阿纤家准备卖掉积攒的粮食跟奚山回家这段描写，就很有趣味。老鼠擅长什么？积蓄。古家将积蓄的大量粮食卖给大肚子男人（其是只胖老鼠），暗含老鼠擅长积蓄的特性。蒲松龄对阿纤母女装粮食的描写生动简练、流畅细致，因为这段情节源于人类的日常生活。蒲松龄关心底层人民的生活，类似的情节还有很多，无不驾轻就熟。

原典精读

俄有两夫以五骡至。媪引山至粟所，乃在窖中。山下为操量执概❶，母放女收，顷刻盈❷装，付之以去。凡四返而粟始尽。

注释

❶概：量粮食时用以刮平斗斛的器具。❷盈：满。

大意

一会儿，有两个仆人赶着五头骡子来了。老太太领着奚山到储藏粮食的地方，原来是在地窖中。奚山下去给他们用斗装粮食，老太太在上面发放，阿纤验收签码。顷刻装足了，打发他们走了。共计来回四次才把粮食装运完。

大灰狼的「呈堂证物」

狼病了花钱请医生,
医生被冤枉成杀人犯。
狼想保护医生,
该如何替医生脱罪?

改编自《聊斋志异·毛大福》

说《聊斋》

人们常用"狼子野心"来比喻凶残之人用心狠毒,狼也常被人们视为凶狠的象征。但蒲松龄就是要改变人们的传统观念,做"反面文章"。

《毛大福》中的狼是自然界中的狼,也是有情有义、有勇有谋的狼;它既是有灵性的动物,也是狼中的"义士"。同伴长巨疮时,它知道哪位是医生,知道送下礼物再恭恭敬敬地蹲在道左,等医生想明白;医生帮了忙,它知恩图报,先帮医生劝走群狼,后又拿真凭实据帮医生洗雪冤情。狼的外在表现,处处是真狼做派,每个动作都是狼独有的,但你若仔细阅读,就会发现字里行间又透着浓浓的人情味和人情美,这便是蒲松龄的高明之处。

狼也懂得请医生

有一天,医生毛大福行医后回家,在路上遇到了一只狼。这只狼没有伤害他,而是把一个布包叼到他跟前,然后退到路旁,很有礼貌地蹲着。

毛大福捡起布包,打开一看,里面有几件首饰。他十分惊讶:这只狼想要干什么?这时,狼向前跳跃,又回过身咬住毛大福的裤脚,似乎在请他一起走。

毛大福不肯,径直往家的方向走。狼又回来拖他。毛大福觉得狼没什么恶意,就跟着它走了。

不一会儿,他们到了狼窝。毛大福看到有只狼趴在那儿,病得很厉害,它的头上有一个巨大的疮,已经溃烂了。毛大福明白了——狼是请他来给同伴治病呀!他把

病狼的伤口处理干净，敷上药，就离开了。

此时天色已晚，那只狼跟在身后送他。走了三四里地，毛大福遇到了几只狼。群狼看到他，大声咆哮着想吃掉他。他害怕极了。这时，那只狼急忙跑进狼群，好像在知会群狼："他是我请的医生！"群狼旋即散去，毛大福带着狼送的礼物顺利地回到了家。

财宝来源有蹊跷

之前，县里的商人宁泰在路上被强盗杀害，官府一直找不到凶手。这天，毛大福到市场上售卖狼送给他的首饰，宁家人认出这些首饰就是宁泰丢失的，于是把毛大福扭送到县衙。

公堂上，县官问毛大福："你的首饰是从哪里得来的？"毛大福说："是狼送的。"县官不信，对他严刑拷打。毛大福有冤却不能申诉，委屈极了，他请求县令先把他放了，让他去找狼问清楚。

于是，县令派两个衙役押着毛大福进了山。三人径直来到狼穴，狼恰好不在。在返回的途中，他们遇到了两只狼，其中一只狼的头上还有疮痕。

毛大福认出了曾经送过他的那只狼，上前作揖请求道："你上次送给我的首饰，成了我被冤枉成杀人犯的证据。如果你不为我作证，我就会被判死罪。"

笔墨里的精灵

狼看到毛大福被捆绑着，愤怒地向衙役冲去。衙役立即拔刀相向。狼用嘴拱地，大声嗥叫了几声，山中百狼群集，团团围住衙役。衙役非常困窘。狼走上前，撕咬捆绑毛大福的绳索。衙役明白狼的意思，于是为毛大福松了绑。群狼见状，安静地散开，不再围困他们。

衙役回到县衙，向县令说明了情况。县令十分诧异，但因为找不到杀人犯，还是不肯释放毛大福。

过了几天，县令外出，有只狼衔了一只破鞋子丢到他的轿前。县令没当回事，命令衙役继续抬轿往前走。没想到狼又叼起鞋子，跑到轿前放下。

县令恍然大悟：这是大灰狼的"呈堂证物"啊！他忙下令："来人啊，收下鞋子！"

回到县衙后，县令派人暗中调查鞋子的主人。有人回报，某村有个打柴的人，曾经被两只狼追赶，可狼追上他后并不吃他，只是把他的鞋子叼走了。

县令命人把打柴人带来，让他辨认大灰狼叼来的鞋子是不是他的。打柴人不明白其中的缘由，爽快地承认那就是自己的鞋子。县令不禁怀疑是打柴人杀害了商人宁泰。经过一番审讯，打柴人果然是凶手。

原来，打柴人杀害宁泰后，抢走了他的银子，但宁泰有几件首饰藏在衣服里，打柴人没有搜到。那些首饰后来被狼衔去了，这才出现了狼叼着首饰去找医生的那一幕。至此，凶手落入法网，毛大福被无罪释放。

原典精读

　　未几，至穴，见一狼病卧，视顶上有巨疮，溃❶腐生蛆。毛悟其意，拨❷剔净尽，敷药如法，乃行。日既晚，狼遥送之。行三四里，又遇数狼，咆哮相侵❸，惧甚。前狼急入其群，若相告语，众狼悉散去。

注释

❶溃：烂，溃烂。❷拨：除去，废除。❸侵：侵害，侵犯。

大意

　　一会儿，（毛大福）来到一个洞穴，见一匹狼正生病躺在地上。仔细一看，狼的头顶上长了个大疮，已腐烂生蛆。毛大福立即明白了狼的意思，便为病狼剔净蛆虫，又敷上药，才往回走。此时，天色已晚，狼远远地跟着送他。走了三四里路，又碰上几匹狼，咆哮着要侵害毛大福。毛大福非常恐惧，危急之时，后面跟着的狼急忙跑来，到狼群中似乎说了些什么，群狼便都散去了。

书中蠹鱼玩戏法

她是书中的蠹鱼,通世道、识人情,一把剪刀剪丫鬟、剪蟒蛇、剪神将,保护自己,惩戒纨绔子弟。

改编自《聊斋志异·素秋》

说《聊斋》

《素秋》写的是书中的蠹（dù）鱼化为美丽的女子的故事，极富有诗情画意。蠹鱼是什么？是书虫，又叫衣鱼。书中蠹鱼化为美丽的女子，是蒲松龄创造的又一类奇妙的精灵。

故事的女主人公素秋温婉秀雅、聪明机智，但男主人公俞慎更让人印象深刻。他襟怀坦荡，光明磊落，待人以诚；他跟素秋以兄妹相称，信守道德准则，金钱不能诱，权势不能移；他是现实生活中那些洁身自好的读书人的化身，也是《聊斋志异》人物画廊中非常有神采的一个艺术形象。

布剪小人

　　顺天府俞慎进京考试,遇到一个美如冠玉的书生俞忱。两人十分投缘,便结为兄弟。第二天,俞慎到俞忱家拜访,俞忱喊妹妹素秋出来拜见兄长。素秋的肌肤晶莹洁白,比粉玉还要白净。【评】《聊斋志异》原文言:"肌肤莹澈,粉玉无其白也。"意思是素秋的肌肤比粉玉还白。此处蒲松龄把蠹鱼的特点转化到人物身上了。

　　考完试后,俞忱拉着俞慎回了家。素秋跟俞慎寒暄了几句,到厨房准备酒菜,并亲自把食物端到桌子上。

　　俞慎说:"让妹妹奔波,我怎么过意得去!"素秋笑笑,又进了厨房。帘子再次被掀开,丫鬟捧着酒壶、老妈子端着鱼盘上来。俞慎说:"下人这么多,怎么不早点儿干活,还麻烦妹妹?"俞忱笑道:"是素秋又作怪了。"

　　酒宴结束后,丫鬟和老妈子开始撤酒席。俞慎咳嗽了一声,唾沫不小心溅到了丫鬟的衣服上。丫鬟应声倒地,结果碗碎了,汤也洒了。俞慎再看,哪有什么丫鬟,分明是个四寸来高的布剪小人!

　　俞忱哈哈大笑。素秋也笑着从帘子后出来,捡起布剪小人进去了。

　　过了一会儿,丫鬟又出来忙碌。俞慎觉得很奇怪。俞忱说:"这不过是妹妹小时候学的把戏罢了。"【评】素秋的身份显然有些怪异,俞忱的解释也很难说得过去。可俞慎却深信不疑,因为他从不轻易猜疑别人。

兄化书虫妹出嫁

从那时起,俞忱和俞慎一同读书。俞忱特别聪明,一目十行。两人一同赴试,没想到放榜时,兄弟俩都名落孙山。俞忱十分郁闷,以致病入膏肓。俞慎花重金给俞忱买了一口好棺材。临终前,俞忱嘱咐素秋:"我死后,赶快把棺材盖上,不要让任何人看到我。"

俞慎悲伤得像死了亲兄弟,却又怀疑俞忱为什么不让任何人看他的遗体。于是,素秋出去后,他悄悄地打开棺材查看,只见俞忱的衣服像蝉蜕的皮一样堆在里边,衣服下有条约一尺长、粉白如玉的蠹鱼。"原来我弟弟是蠹鱼!"俞慎既震惊又心疼。

素秋匆忙进门,神色惨然地说:"兄弟间有什么可回避的?我哥哥之所以再三嘱咐不让人看到他死后的样子,不是避讳你,而是怕这件事传出去,我也不能长久地住在这里。"

俞慎说:"礼义受人的感情制约,只要有真情,即使不是

笔墨里的精灵

同类又如何呢？妹妹难道不知道我的心意？不管面对谁，我也不会泄露这件事。"

俞慎给俞忱操办了隆重的葬礼。不久，他想给素秋定亲。妻子的弟弟韩荃非常喜欢素秋，打算买她来做小妾，不但托媒人说合，还暗示俞慎自己可以帮他打通考试的关节。俞慎听了，臭骂了韩荃一顿，不再跟他来往了。

已故尚书的孙子某甲派了媒人来，俞慎想让素秋亲自见见。某甲到俞家那天，房间垂下帘子，素秋悄悄掀开帘子相看。某甲俊秀风雅，文质彬彬。俞慎很喜欢他，可素秋并不乐意。但俞慎硬是把素秋许配给某甲，还给她准备了丰厚的嫁妆。素秋坚决不收嫁妆，只要了一个丫鬟跟着自己嫁了过去。

丧身巨蟒

某甲从小没了父亲，母亲溺爱他，坏人引诱他，祖上传下来的宝贝都被他卖掉还赌债了。

一天，曾经想纳素秋为妾的韩荃招呼某甲到他家里喝酒，表示自己愿意用两个女子加五百两银子换素秋。

某甲一开始有些犹豫，他怕俞慎知道后不会罢休。

韩荃说："出了事我来承担！有我爹在，还怕俞慎不成！"

某甲被韩荃迷惑，答应了下来。

到了交换的那天晚上，某甲确认了韩家送给他的人和钱财后，假作惊慌，跑到内室骗素秋说："俞公子暴病，派人叫你马上回去！"

素秋听后，急匆匆地跑了出来，轿子抬起她就往韩荃家走。抬轿人天黑迷了路，怎么也走不到目的地。忽然，他们看见一对巨大的蜡烛。大家暗自欢喜：可以找点蜡烛的人问路。哪知"蜡烛"走到跟前，所有人都大惊失色。原来，"蜡烛"是大蟒蛇的眼睛！

抬轿人四散而逃，素秋的轿子被丢到路边。天亮时，人们回来找素秋，见轿子已经空了。大家纷纷猜测：素秋一定是被蟒蛇吃了。韩荃垂头丧气，无计可施。

几天后，俞慎派人到某甲家看望妹妹素秋，这才得知素秋被坏人带走了，便把丫鬟领回了家。俞慎问明情况后，到处告状。某甲向韩荃求援，韩荃因人财两空，懊悔不已，不肯帮他。某甲什么办法也想不出来，抓他的传票来了，他只知道送钱，不过一个月，家里的金银财宝和贵重衣物便被典当一空。

俞慎坚持状告某甲。某甲终于在公堂上说出实情，官员传韩荃来对质。韩荃无奈，只好把实情告诉了父亲。韩荃的父亲听后十分恼怒，把儿子捆起来交给了衙役。韩荃对审案官说起路遇蟒蛇的事，审案官并不相信，逼他把素秋交出来。某甲多次受到拷打，差点儿死在公堂上。

韩荃托人送信，愿意送一千两银子给俞慎，恳求他撤销这个案子，但俞慎不肯。俞慎的妻子受了叔母的嘱托，哀求俞慎暂时搁置这个案子，等他们去寻找素秋，俞慎这才答应。

一天夜里，俞慎在书斋里坐着，忽见素秋领着一个老妇人走了进来。俞慎惊奇地问："妹妹一直平安无事吗？"

素秋笑着说："那条大蟒蛇是妹妹略施小计变出来的。那天夜里，我跑到一个秀才家躲了起来。现在，秀才就在门外。"

俞慎忙迎出去，用灯一照，发现妹妹所说的秀才是名士周生。俞慎立即拉着周生进了书斋，跟周生交谈后，才知道素秋一事的来龙去脉。

原来，那天素秋一大早来敲周生的门。周母知道她是俞慎的妹妹，想让周生立即通知俞慎。但素秋制止了周母，并在那里暂住下来。

现在，周母派周生跟一位老太太送素秋回来，还嘱咐老太太向俞公子提亲。俞慎非常高兴，当即为素秋和周生订立了婚约。

素秋原想让俞慎拿到一千两银子，再宣布妹妹回来。俞慎说："我丢了妹妹无处泄愤，才故意要许多银子让他败家。现在见到妹妹，便是一万两银子又算什么！"他马上派人告诉那两家，自己不要银子，也不打官司了。

后来，俞慎安排房子，给周生和素秋举行了婚礼。

素秋与周生婚后生活和美。周生落第后，母亲又去世了，便不再求取功名。

飘然而去

有一天，素秋对嫂子说："我们要远离此地，我想传授给嫂子一些法术，到时候能帮助全家避开兵灾。"

嫂子惊奇地问："这是怎么回事？你要到哪里去？"

素秋回答："三年后，这个地方就没有人烟了，所以我打算到海滨去隐居。大哥是富贵之人，不可能跟我们一起去，所以我们要跟嫂子分开了。"随后，素秋把帛剪万物的法术教给了嫂子。

笔墨里的精灵

听说素秋要到海滨去，俞慎坚决反对，可素秋坚持要走。

第二天，素秋跟周生鸡叫时就起来了，带着一个白胡子老奴，骑着两头驴上了路。俞慎暗地里派人跟着他们，到了胶州一带，只见大雾遮天蔽日。雾散后，素秋一家已经不见踪影。

三年后，李自成的队伍来到顺天府。韩夫人用帛剪出神像放到自家门口。李自成的队伍来时，只见云雾环绕着一个一丈多高的神将，立刻绕道而行。俞家安然躲过兵灾。

再后来，村里有个商人来到海滨，遇到了俞家原来的老仆。

商人见老仆白发变黑，感到很奇怪：人哪有越活越年轻的道理？因此不敢相认。没想到，老仆主动问商人："我家公子身体还好吗？"并说："请你传个信，素秋姑娘一切安好！"

俞慎听说这件事后，忙派人到海滨探访，却始终没有打听到素秋的消息。

文化史常识

【蠹鱼】古称"蟫（yín）"，是一种蛀蚀衣物、书籍等物品的小虫子。《尔雅》中说："蟫，白鱼。"后人注释为："亦名壁鱼，一名蠹鱼。"古代读书人对它们既爱又恨，恨的是它们损坏图书，爱的是它们和自己有相同的癖好（都是"书虫"）。

原典精读

　　既而筵终，婢媪❶撤器❷，公子适嗽，误堕婢衣。婢随唾而倒，碎碗流炙。视婢，则帛剪小人，仅四寸许。

注释
❶婢媪：丫鬟和老妈子。❷器：器具。

大意
　　等到酒宴结束，丫鬟和老妈子来撤席，恰好俞慎咳嗽一声，唾液不小心沾到了丫鬟的衣服上。丫鬟随之倒下，碗摔得粉碎，汤流了一地。再看那丫鬟，竟是布剪的小人，只有四寸大小。

树犹如此，人何以堪

女孩精心呵护橘树，
像对待亲密的朋友。
橘树用累累硕果迎接她的归来，
又以憔悴无花默送她离去……

改编自《聊斋志异·橘树》

说《聊斋》

《橘树》既是一则小故事，也是一篇纪实性散文。小女孩把树当成不舍得分离的朋友，树也因为喜爱它的人到来而硕果累累，还因为喜爱它的人离去而枯萎憔悴。可以说树人相依、人树情深。

故事的主人公刘女天真可爱，蒲松龄把她的娇痴写得活灵活现。她一心护树，尽显纯真可爱，种种爱树之情景，读来如在眼前。树对刘女的感情也完全是树的回报方式：以上千颗美果欢迎刘女归来，以憔悴无花默送刘女离去。橘树难道和小女孩有夙缘？不然为什么会这么巧呢？橘树结果好似感恩，不开花好似伤感别离。草木尚且如此重情，何况人呢？

刘公任兴化县令时，有个道士送给他一个盆栽。盆里有一棵手指般纤细的橘树，刘公六岁的女儿非常喜欢它，从早到晚精心照顾，唯恐小树受到伤害。

等到刘公任职期满要离开兴化时，橘树已经长到一把粗细，而且第一次结了果。刘公一家整理行装时，打算把橘树丢弃，可女孩却抱着橘树撒娇哭闹。家人哄骗她说："我们只是暂时离开，不必把树带走。"听到这话，女孩虽然不哭了，但还是担心树被他人搬走，直到亲自看着人把树移栽到台阶下边，才恋恋不舍地跟家人一起离开。

时光飞逝，刘女长大后嫁给一个姓庄的男子。后来，庄某考上进士，任兴化县令。刘女大喜，在心里琢磨：我小时候种下的那棵心爱的橘树现在还在那儿吗？

他们到了兴化县，发现橘树的树干已经很粗了，树上结了上千个橘子。县衙的人都说："橘树虽然长得很繁茂，但总不结果。这是自刘公离开后，它第一次结果。"

庄某在兴化任职三年，橘树每年都能结很多果子。可到了第四年，橘树连花都没开几朵。刘女跟夫君说："看来你在这里任职的时间不长了。"秋天，庄县令果然卸任。

少年读《聊斋志异》

《聊斋》里的秘密

人与树的故事

我国古代文献中，记载过许多人与树之间发生的故事，或者讲人爱惜树，或者讲人树之间有所感应。

《世说新语》里记载了一件非常有名的事。东晋时期，大司马桓温北征时经过金城，看到过去他在此地种的柳树已经长到十围，感慨道："木犹如此，人何以堪。"接着，他攀枝执条，泫然流泪。后来，文学家庾信作《枯树赋》，有"树犹如此，人何以堪"的语句，常被后世引用，用于感叹岁月无情。

南朝文学家吴均在《续齐谐记》里写过紫荆树的逸闻。田真兄弟要分家，其他财产都分好了，可堂前的那株紫荆树要怎么分呢？田家兄弟打算把树剖成三片。没想到第二天早上，那株树就枯死了，像被火烧了一样。田真大惊，对两个弟弟说："树本同株，听说要被分开，于是先枯萎憔悴，咱们人不如树。"最终，田家兄弟决定不再分家，紫荆树很快复活，十分繁茂。

小鸟也有妙计策

改编自《聊斋志异·鸲鹆》

鸟为人言是模仿，
鸟设局谋是想象，
鸟和人联合骗权贵，
主导者是鸟，
彰显奇特的想象。

说《聊斋》

蒲松龄做过三十多年的家庭教师，这个短篇故事是他的东家毕际有撰写的。毕际有担任过知县，家有藏书丰富的万卷楼和优雅的石隐园。

毕际有支持蒲松龄创作《聊斋志异》，他本人也有很高的文化修养，曾为《聊斋志异》增写过两篇轶闻。此文字数不多，却让小鸟的聪明机智跃然纸上，读来饶有趣味。

有个人喜欢养八哥,他养的八哥说话十分流利。他只要出门必定带着八哥,一人一鸟外出能待好几年。

有一天,养鸟人将要经过绛州时,花光了旅费。可这里离家还远,他愁苦无策。

小鸟说:"你为什么不把我卖了?送我到王府,你能卖出不错的价格,回家的路费也就有了。"

养鸟人说:"我哪儿忍心呢?"

鸟说:"不要紧。你拿到钱后赶紧离开,到城西二十里的大树下等我。"

养鸟人答应了。他带鸟进城,一路上和鸟儿互相问答,引来很多人围观。王府的仆从看到后,立刻把这件奇事报告给王爷。

王爷把养鸟人召进府中,想买小鸟。

养鸟人说:"小人和小鸟相依为命,不愿卖。"

王爷问小鸟:"你愿意住我这儿吗?"

小鸟说:"我愿意住这儿。"

王爷听到这个答案,十分欢喜。

小鸟又说:"给他十两银子,不要多给。"

王爷闻言,更喜欢小鸟了,立即命人拿来十两银子给养鸟人。养鸟人拿到银子后,假装懊恼悔恨,接着便离去了。

王爷和小鸟说话,小鸟对答如流,王爷很喜欢。

王爷叫人拿肉喂鸟。小鸟吃完了,说:"臣要洗澡。"

王爷又命人往金盆里倒上水,打开笼子叫小鸟洗澡。

小鸟洗完澡,飞到屋檐间,一边用嘴梳理毛翎,一边和王爷聊天。

小鸟待了一会儿,等羽毛干了,翩翩飞向蓝天,同时用山西口音说:"臣去呀!"瞬间飞得没影了。

王爷和内侍急忙寻找卖鸟人,可他早已无影无踪。

最后,养鸟人顺利接到小鸟,一起回到了家乡。

后记

◎ 马瑞芳

1978年我进入山东大学蒲松龄研究室，1985年给山东大学中文系学生开设"《聊斋志异》创作论"专题课，从1986年在人民文学出版社出版《蒲松龄评传》至今，已在国内外出版有关蒲松龄和《聊斋志异》的专著20余种。

《聊斋志异》是我国古代文学经典，蕴含着丰富的传统文化因子。优秀的传统文化是中华民族的血脉，滋养着中国人的精神家园。围绕传承发扬中华优秀传统文化，中宣部曾组织过两个重大项目：由中国作家协会承担的中国古代百位作家传记的撰写，由原文化部承担的中华传统文化百部经典的解读。蒲松龄和《聊斋志异》分别入选这两个文化项目，我都有幸参与其中并完成。

《少年读〈聊斋志异〉》是我应青岛出版社副总编辑谢蔚女士约请，针对少年儿童读者，经过反复挑选、思考写成的。

少年儿童学习传统文化非常重要，而且特别需要有针对其年龄特点和接受程度的讲解。这是近20年我在中央电视台等平台宣讲《聊斋志异》的深刻体会。2005年中央电视台播出"马瑞芳说《聊斋》"节目（共24讲），2018年喜马拉雅音频平台播出"马瑞芳讲《聊斋志异》"节目（共200讲），都在少年儿童听众中引起强烈反响。2007年上海书展期间，《马瑞芳说〈聊斋〉》一书举行首发式，有2000多名读者排队等待签名，其中有80多岁的老者，更有五六岁的孩子。这些在现实生活中发生的事让我深深地体会到：《聊斋志异》早已扎根在读者心中，受到万千读者的欢迎；很多少年儿童也非常喜欢《聊斋志异》，我们千万不能低估他们的理解能力！联想到2005年中央电视台播出"马瑞芳说《聊斋》"节目时，我8岁的孙女不仅认真听，还提了一些很好的建议。根据她的建议，我再次到中央电视台录制节目时，获得了更好的艺术效果。

这套《少年读〈聊斋志异〉》是完全针对少年儿童读者创作而成的，它的特点主要包括：

第一，精心挑选经典故事，分类归纳。《聊斋志异》全书共490多篇，本套书精心挑选50余篇名作，分《神奇的狐狸》《笔墨里的精灵》《走进大千世界》3册讲解。

第二，每则故事前都有篇前语，类似于学术界发论文的"关键词"，便于少年儿童读者一目了然，迅速了解这篇选文的主要内容。

第三，正文用通俗易懂的语言讲《聊斋志异》故事，在讲解过程中画龙点睛地加以剖析，夹叙夹议，分析少年儿童读者能从这则故事中学到什么。

第四，故事后附有"哲理金句"或"文化史常识"栏目。前者精选、提炼对人生有价值的语句，后者对选文中出现的古代文学、历史常识等做简要的说明。少年儿童读者可以在阅读

后记

《聊斋志异》故事的同时，获得若干知识。

第五，文后辟有"原典精读"板块，采用"原文节选+疑难字词注释+原文大意"的方式，便于少年儿童读者通过欣赏《聊斋志异》的经典片段，学习文言文。

在创作《少年读〈聊斋志异〉》时，我参考了以下几部书：2007年作家出版社出版的《马瑞芳说〈聊斋〉》，2008年河北教育出版社出版的《马瑞芳重校评批〈聊斋志异〉》，2013年作家出版社出版的《幻由人生：蒲松龄传》，2019年国家图书馆出版社出版的《聊斋志异（节选）》，2020年上海古籍出版社出版的《聊斋志异（精选精译）》。

我还不识字时，就总听母亲讲《聊斋志异》中的故事，现在到耄耋之年，仍然觉得《聊斋志异》博大精深，值得反复阅读。

读《聊斋志异》明事理、长知识、懂是非，我期待少年儿童从这套书中获得有益的启示！

图书在版编目（CIP）数据

笔墨里的精灵 / 马瑞芳著. — 青岛：青岛出版社，2023.1
（少年读《聊斋志异》）
ISBN 978-7-5736-0475-0

Ⅰ.①笔… Ⅱ.①马… Ⅲ.①《聊斋志异》–少年读物 Ⅳ.①I207.419-49

中国版本图书馆CIP数据核字（2022）第235694号

BIMO LI DE JINGLING（SHAONIAN DU《LIAOZHAI ZHIYI》）

书　　名	笔墨里的精灵（少年读《聊斋志异》）
著　　者	马瑞芳
出版发行	青岛出版社
社　　址	青岛市崂山区海尔路182号（266061）
本社网址	http://www.qdpub.com
邮购电话	0532-68068091
策　　划	谢　蔚
责任编辑	刘　强　　步昕程　　李晗菲
特约编辑	刘　朋　　李子奇
装帧设计	滕　乐　　宫爱萍
全书插图	沐小圈童书工作室
制　　版	青岛乐喜力科技发展有限公司
印　　刷	青岛乐喜力科技发展有限公司
出版日期	2023年1月第1版　2024年6月第4次印刷
开　　本	16开（710mm×1000mm）
印　　张	11
字　　数	160千
书　　号	ISBN 978-7-5736-0475-0
定　　价	38.00元

编校印装质量、盗版监督服务电话：4006532017　0532-68068050
建议上架：儿童读物